山怪

〔日〕田中康弘·著

黄晔·译

天津出版传媒集团

天津人民出版社

图书在版编目（CIP）数据

山怪 /（日）田中康弘著；黄晔译. -- 天津：天
津人民出版社，2018.9
ISBN 978-7-201-13529-8

Ⅰ.①山… Ⅱ.①田… ②黄… Ⅲ.①小说集－日本
－现代 Ⅳ.①I313.45

中国版本图书馆CIP数据核字(2018)第145904号

著作权合同登记 图字：02-2018-126号

SANKAI YAMABITOGAKATARU FUSHIGINAHANASHI
© 2015 Yasuhiro Tanaka
Originally published in Japan in 2015 by Yama-Kei Publishers Co., Ltd.
Chinese translation rights in simplified characters arranged with Yama-Kei Publishers
Co.,Ltd.
through Japan UNI Agency, Inc., Tokyo

山　怪
SHAN GUAI

出　　版　天津人民出版社
出版人　黄　沛
地　　址　天津市和平区西康路35号康岳大厦
邮政编码　300051
邮购电话　（022）23332469
网　　址　http://www.tjrmcbs.com
电子信箱　tjrmcbs@126.com

监　　制　黄利　万夏
作　　者　[日] 田中康弘
译　　者　黄　晔
责任编辑　玮丽斯
特约编辑　申蕾蕾　王莉芳
版权支持　王福娇
装帧设计　王志弘

制版印刷　北京中科印刷有限公司
经　　销　新华书店
开　　本　787毫米×1092毫米　1/32
印　　张　8.75
字　　数　100千字
版次印次　2018年9月第1版　2018年9月第1次印刷
定　　价　69.90元

日本的大山里似乎存在着一些不可思议的东西。

是生物还是非生物？是固体还是气体？看得见还是看不见？

实在让人闹不清楚，可这些东西分明就是存在的。

从古到今，从东到西，

这东西都会以不同的形式现身，让男女老少不得安宁。

所有人都承认它的存在，但又没人知道它是什么。

假如你非要问它的名字，那得到的答案也只能是"山怪"。

II　通往异界之门

Ⅲ 与灵魂的邂逅

山怪·前言

　　有将近三十年的时间，我一直行走在大山、狩猎相关之地的土地上。与当地人交流的过程中，我时常会听说一些发生在山里的离奇故事，其中一类便是关于蛇和狐狸等动物引发的神秘现象。这些本不是我主要的取材对象，大都没有做过详细的记录。尽管如此，很多故事却在我脑海中巨细无遗地留下了深刻记忆。其实不过是些哄小孩的东西，估计多数人听了都会不屑一顾地嘲笑："怎么会有这种事！"可也不知道为什么，这些故事偏偏就特别吸引我。

　　这些轶事，它们不同于一般的民间故事和神话传说，并没有完整的起承转合，也不带有任何形式的宗教意味和道德劝诫。譬如，"前段时间我在山里听到了打鼓的声音，八成是狐狸在捣鬼。"内容简单至极，可能连小故事都算不上，而这些轶事现在正面临着消失的危机。

　　故事这种东西本来就要人去讲，才能长久地传下去。可我发觉，现在讲故事的人和听故事的人都在减少，因此我想认认真真地去搜集一些素材。

很久以前，大山笼罩在一片寂静之中。这里没有路灯，也几乎看不到一辆车子。每到夜晚，都是黑黢黢的，很是吓人。

漆黑的夜晚以及森林深处的动物王国，都对人们的思维方式产生了极大的影响，特别是在东北部的多雪地区。生活在这些地方的人，一年中有将近四分之一的时间都被大雪困住，无法外出。茅草葺的宽大屋檐下面，地炉里的火一整年都不曾熄灭，人们围着炉火相互依偎着过活。那些子孙满堂、超过十口人的大家庭，会围着炉火，吃饭，讲故事……

人们在三米多厚的积雪下生活，倒也过得自得其乐。过去，没有除雪这项工作，最多就是把自家大门口和窗户上的雪扫一扫，以便于进出和采光。像孩子上学走的这样要紧的道路，大家会合力把积雪踩实。现如今，人人都开车去上班、购物以及就医，所以只要一下雪，早上四点左右就要爬起来除家附近的雪。政府也投入了大量的税金和时间为各处的道路除雪。而清理雪堆，依旧需要耗费大量的人力和金钱。过去这些一概都没有，人们只需要静静地等待春天到来就好。

"很久以前，一到冬天，阿公阿婆都围坐在炉子边上，整日里搓绳子，或做一些迎接春天的准备，他们闲聊的话题总是离不开村里哪儿哪儿出了什么怪事，山里又出了什么怪事。而对于坐在一旁的孩子们来说，这些故事伴随着他们成长，不知不觉中成了他们生命的一部分。"

这些是我在福岛县的南会津听说的。

地炉曾经是严冬昏暗房间里唯一的取暖设备，一家人围坐在炉火边重复说着同样的故事，好像永远都听不腻似的。在那个没有电视的年代，这几乎就是人们仅有的娱乐方式了。而这些故事里一定少不了人们在山里林林总总的离奇经历，其中一些类似于民间故事，有完整的故事结构；有一些就像上文中提到的奇特见闻，简单到没头没尾。各种形式混在一起，就像个大杂烩。说不定那些口耳相传的轶事，经过人们丰富和加工，最终也会成为当地有趣的民间故事。

昏暗封闭的空间里常常会孕育出很多精彩的故事，就如同酒在橡木桶里经过漫长的发酵才能散发出浓郁而纯正的香气。

可如今，昔日的景象已不复存在，山里的村子都亮起了路灯，一到晚上家家户户灯火通明。由于人口老龄化和少子化问题的不断加剧，没有孩子的家庭不再罕见；有孩子的家庭，孩子都忙于玩游戏和上各种学习班，哪里还有心思听家里的老人讲故事？

"现在都不会给孙子们讲那些山里的故事了，连我们自己都天天守在电视前……就算讲，他们也不爱听。"

在各地搜集素材时，当地的老人都不约而同地抱怨。他们听来的大山故事、地方故事，如今再也找不到倾听的对象了。

古时候的人背靠大山，他们不仅从大山里获得水、食物和燃料等各种各样的生活必需品，还能感受到各种神明的存在，并从中找到生活的方向。可以说，他们的生活与大山息息相关，而山里的"故事"也占有一席之地。

这些"故事"本来就源于一些很小的趣闻，它们是人们劳作空闲和长夜里最好的朋友，而如今却在一点点消失。虽然各地的教育机构花大力气将当地的民间故事、神话传说编辑成册，并邀请讲述人留下影像记录，但那些都是经过加工的成品，有太多的修饰痕迹。而我搜集的都是那些民间故事中未经雕琢的原石。时过境迁，这些小趣闻都已经被人们遗忘在角落里了。

　　这样下去可能真的再也找不回来了，而我写这本书的目的就是为了将这些宝贵的原石收集并传下去。

I 阿仁猎户之山

狐火遍野之地

旧阿仁町[1]位于秋田县北部，如今已更名为北秋田市。众所周知，它是日本山野猎户的发祥地。四分之一个世纪以前，这里有超过五千的人口，而现在就只剩下三千人左右了，是典型的高龄化、人口稀少地区。

旧阿仁町中有三个猎户村落，每个村落中都流传着一些不可思议的故事。

其中，位于阿仁町最深处的打当村，大家都喜欢管它叫"内阿仁"，这名字倒也贴切。在兴建温泉浴场和熊牧场等观光设施之前，它就是个与世隔绝的僻静村庄。

铃木英雄是打当地区的一位村民，我在收集有关猎户素材的过程中得到了他很多帮助。英雄家祖上世代狩猎，我在他家里听到了不少发生在山里的奇妙故事。

1　日本城镇的小区划单位，介于市和村之间，从属于都道府县。

英雄的母亲阿英（生于 1933 年）童年时曾目睹过激动人心的一幕，至今难忘。一天傍晚，阿英和母亲站在屋外的夕阳里迎接来串门的亲戚。天色渐暗，她俩在院子廊前一边等一边闲聊着，母亲突然不说话了。

"怎么了？"

阿英抬头瞧母亲，又顺着她的目光看过去。

"那是什么啊？"

"狐狸。"

听到母亲的话，阿英定睛一看，果然有一只个头不小的野兽。只见它嗖嗖地穿过院子，往后山去了。平日里倒是常看到父亲打猎带回来的狐狸皮，可这么活蹦乱跳的狐狸还是有生以来头回见呢。阿英一下子兴奋起来，饶有兴趣地看着它。狐狸靠近山坡的时候，开始拼命摇尾巴。

"那狐狸轻轻跃起，跳得很高！它的尾巴一直不停地打着转，每转一圈就会发出耀眼的光芒。我当时并不知道那不是寻常之物，只觉得非常惊艳。"

阿英说起这些仿佛就是昨天刚经历的事。我听到过一些类似的说法，不少人曾见过自家旁边的山上有闪烁的光亮晃动着朝山顶方向移动。这里的人都认定那些灵异之光是狐狸施的妖法，也就是所谓的"狐火"。不过传说中的狐狸并非只会发光，还会迷惑人心。

怎么给扒光了

在猎户聚集的打当村，很早以前就有商人前来求购熊胆，接下来要讲的就是一个富山药商来这里进货时发生的事。这个人为了收集熊胆、干燥的血液和骨头等，把这一带的猎户挨家挨户都寻遍了。

"去你那儿了吗，那个富山的药商？"

"啊，昨天来的。他还在咱们村转悠？"

"今天好像去打当内一带了。"

村子很小，大家对药商的行踪都了如指掌。可是不知道怎么回事，药商突然不知去向。

"怎么回事，药商呢？去了打当内就没回来。"

"走了？"

"不可能，他说了还要来我这儿的。"

于是，村里几个人出去找他，这一找还就找到了。只是……

"药商脱光了衣服躺在河里呢。大家一边问他怎么回事，一边把他给拉了上来。那家伙是被狐狸精骗了。"

药商在打当内一带收购完药材，返回的路上，忽然看见路口站着一个他这辈子都没见过的绝世美女。据说那美女就住在附近，邀他一同回家沐浴。听了药商的话，一个年轻人说：

"根本不可能有那种事，我要遇上了肯定把她抓回来！"

这个年轻人出了名的胆子大，便特意在大半夜，一个人跑到往打当内去的那个转角路口。

"村里人都把药商的话当真了，我看他不是喝多了才怪呢！"

年轻人来到通往打当内的路口，在一片黑暗中，隐隐约约好像看到什么。他慢慢往前走，小心地凑过去，把灯往前伸。在微弱的光线中，他看到一个人背对着他蹲在那里。

"你是谁啊？在那儿干吗呢？"

年轻人发话了，可那人还是一动不动。于是，年轻人又大声喊：

"嘿！"

说着，那个人回过头来，他不是村里的人。不，应该说根本就不是人。

年轻人病倒了，连续三天高烧不退。病好之后，他和大家说：

　　"哎呀，那到底是什么，我整个人都蒙了。回过头来的那张脸真是太吓人了。说不上来是什么，反正就是一张很恐怖的脸……"

　　这并不是特别久远的故事，充其量就发生在四十年前。而四十年前，正好是新干线开通了去往博多的线路的时间。

　　上面说的打当内其实是离打当地区中心稍远的一个地方，而通往打当内的转弯处，老早就有传闻说那儿是狐狸的住处了。如今，那里已经建了观光设施，对游客开放了。据说四十年前，那周边草木丛生，阴暗潮湿，是个让人感觉很不舒服的地方。

快乐的夜市

这里要说的是打当内的村民健太郎中学那会儿遇到的一件事。听他说，每逢冬季，要是学校课外活动小组结束得晚，回家的路会特别黑，通往打当内的转弯处显得尤其瘆人。但是不经过那儿又回不了家，所以只能硬着头皮走。

冬季里的一天，和平时一样夜幕降临，回家的路也黑了下来。寒夜里就只有积雪反射的一片微弱光芒，健太郎走着走着又到了那个路口。

"那地方真的特别恐怖，漆黑一片。不过，我刚一拐过去，就被眼前的情景惊住了。"

少年健太郎看到了一排排的亮光。

"哎呀，亮得都晃眼了。我定睛一看，分明是夜市，有鞋店和玩具店之类的，总共有五六家的样子。我心想：今天是有什么节庆活动吧。于是，站在那儿看了半天。"

眼前这些雪地里凭空出现的明亮店铺，让健太郎看得出神。突然间，光亮消失了，就像是没有通知的紧急停电一样。

"咦？"

少年健太郎一下子呆住了，眼前就只剩下和往常一样的昏暗雪景，一直延伸向远方。

* * *

那之后，少年健太郎又见到了那个谜一样的夜市。

过去阿仁地区会定期举办集市。逢四的日子在阿仁合，逢五的日子在比立内一带。四十多年前的集市出摊的铺子特别多，别提多热闹了。十天一次的赶集算是猎户村为数不多的娱乐活动之一，因为场面实在太火爆了，时不时还会有小孩走丢的事情发生。

打当村距离比立内差不多八公里，对村民来说，赶集是他们心里最大的念想。当然和现在不同，那会儿没有车，通常走路去赶集。

这一天，少年健太郎和外婆两个人一起去赶集，他们买了一块很大的鳐鱼鳍（煮着吃很美味），在雪地上拖着往家走，半路经过一座矿车轨道桥。这条路比别的路近很多，难怪打当村的人都走。

"走到铁桥正中的时候，眼前突然变得很亮，不知道是怎么回事，仔细一看，竟是之前见过的那个夜市，连店铺门前摆出的小摊都能看得一清二楚。"

在铁桥上看到夜市确实有些蹊跷，健太郎急忙回过身和从后面赶过来的外婆说。外婆一脸诧异，"这种地方会有店铺？"

说着朝前面看过去，却什么都没有。

"可能只有小孩子才能看到那些东西吧。那时候我拉着一大块鳐鱼鳍，也说不定是狐狸想要抢走它呢。"

从那之后，少年健太郎就再也没见过突然出现的夜市了。

*　*　*

据说，打当村铃木英雄的亲戚也遇到过这种谜一样的光芒。那是一天晚上，英雄的妹妹去车站接孩子时遇到的。孩子也是因为参加课外活动在学校待到很晚。空无一人的车站漆黑一片，时不时有雪花从空中纷纷扬扬地飘落下来，严冬马上就要来临了。英雄的妹妹在温暖的车里边听收音机边等，过了一会儿，她看了看表，从车上下来往车站方向走去。

"下周还要下雪吧……"

她嘴里吐着白气，仰望满天的繁星。

"是流星吗？"

在很多星星当中有一团光的变化看起来很怪异。她停下脚步，盯着那团光看。

"那是什么啊？星星不会那么动的。"

谜一样的光团一边不断扩大，一边以惊人的速度靠近。英雄的妹妹看傻了。移动到她头顶上方时，巨大的光团突然停止不动了，周围瞬间被点亮。她感觉像是站在舞台的聚光灯下面，只是既说不出话也迈不开步子，只能一动不动地站在光里。渐渐地，她发现光团变小了，便赶紧飞奔着跑开了。呆立在黑暗中的她，耳边传来铁轨发出的声响。

"那不会是 UFO 之类的外星飞行物吧？"

英雄的妹妹始终无法忘记那天晚上不可思议的光芒。

＊＊＊

英雄的弟弟小时候从柿子树上掉下来，大脑受到强烈的撞击，失去了意识。

"从那以后，我弟弟就能看到各种别人看不到的东西。外祖父快要去世的时候，他说：'已经去世的外婆带着她养的小狗在附近溜达。'"

他从树上掉下来，或许因为受到刺激而变成了能看到奇特现象的体质。

"弟媳妇从比立内来我们这儿时，说看到了吓人的东西。"

那是她去打当村办事的路上发生的事情。

车子开上一条漆黑的路，忽然，她看到旁边流淌的小河上闪着亮光。

"那个？是什么人在河里捉杜父鱼吗？"

她心里想：这个季节晚上怎么会有人捉鱼呢？随即放慢了车速。接着，她发现河里接二连三地出现光亮。在好奇心的驱使下，她停下车，摇下车窗，朝小河的方向看过去。只见原本星星点点的光芒，突然间连成了一整片。

"光亮得刺眼睛，啪的一下就蔓延开来了。她怀疑那是 UFO 之类的东西。"

不知道这能不能算是本地人说的狐火一类的故事，或者它真的就是 UFO。总之，这种谜一样的光亮经常在阿仁地区出现是确切无疑的了。

喜欢带腥味儿的东西

除了上面说的鳗鱼鳍,有腥味儿的东西也会招来怪事。我听打当内的村民泉良一说起过这么一件事。

"我叔叔有天去捉杜父鱼,过去都是在夜里捉杜父鱼,也叫'夜刺'。"

杜父鱼有着独特的味道,是一种非常鲜美的溪流鱼。白天它们为了躲避鸟类的袭击,大多会藏在石头下面,到了晚上才游出来。捕鱼的人会选择水浅的地方,用灯照着寻找杜父鱼,发现了就用鱼叉刺下去。这样做可以轻松地捉到很多。(现在已经被禁止了。)

"叔叔捉到很多杜父鱼,都装进了腰上挂的鱼篓子里。他沿着小溪继续搜寻,突然感觉有人在后面使劲拽他的鱼篓子。叔叔心想肯定是后来的同村人在捣蛋,可是回头一看根本没人。"

黑暗中只能听到溪流的声音。

"啊,是被树枝什么的挂到了吧。"

叔叔又打起精神继续捉杜父鱼。可没过多久，又感觉有人在拽他的鱼篓。

"嗯？又挂到树枝了？"

这次就算他想自己骗自己都不行了，因为那时叔叔正好站在溪流的中间，旁边根本没树枝这类可以挂到他的东西。

* * *

同样的事我在宫城县七宿町的家庭旅店也听说过。旅店老婆婆的父母过去经营一家外卖餐厅。有一天，老婆婆的父亲去送一条很大的盐烤鳟鱼，经过一个很昏暗的地方时，他感觉肩上挑的鳟鱼好像被什么东西扯住了。

"什么啊？"

父亲死命按住鳟鱼，想方设法跑出了那条路。而到了叫外卖的客人家一看，鳟鱼只剩下一半了。常听人说，要在稻荷神社里供奉炸豆腐，因为稻荷大神的随从狐狸特别喜欢吃。以此类推，山里的狐狸估计都特别钟爱那些带腥味儿的东西吧。

* * *

在奈良县的吉野町，走街串巷的鱼贩子也有过类似的经历。吉野町是后醍醐天皇开创南朝时的旧地，此地的猎友会会长下中章义小时候听过这样一件事。

　　"这附近有不少挑着担子卖东西的小贩，比如卖鱼的一般都会担着装满鲜鱼的筐子到处叫卖。有一次，鱼贩走在山里，忽然感觉不太对劲，就把筐放了下来，结果发现筐里的鱼都变成了树叶。据说这也是狐狸捣的鬼。我听过的关于狐狸的故事真是数都数不过来，不过，只有近江商人把本来想要骗他的狐狸给骗了。据说，还捉了狐狸来做围脖。"

　　近江商人可真不好惹啊！

狐狸的复仇

　　下面要说的是发生在一个打当村访客身上的故事。这个人一到英雄家就说："我刚才在来的路上见到了一对狐狸母子。"

　　他说得眉飞色舞。大意就是沿着林子里的路下山来打当村，沿途看到一对狐狸母子，便立刻改变方向，追着它们跑了半天。

　　"要是一直沿着大路走就好了，可惜让它们从小道溜了。气死我了！差一点儿就追上那俩家伙了。"

　　他正说着，后面跟过来的朋友叫他，然后一起去另一家喝酒了。一帮子人又喝又闹地折腾到半夜。

　　和追狐狸的男人睡同屋的朋友半夜起来如厕，发现男人不见了。朋友估摸着他肯定也是去厕所了，便赶紧追了出去，可是却不见人影。朋友不放心，又在房子各处找了一遍，还是没发现那男人的踪影。他感觉不太对劲，于是叫醒那家人一起找。这个山里的小村子一到晚上就一片漆黑，男人连灯都没拿，这深更半夜的能去哪儿呢？

所有人都焦急忐忑地等着黑夜赶快过去。天一点点亮了起来，稍稍平复了大家心中的不安。天还没有大亮，守在房间里的人听见大门口好像有动静。急忙开门一看，那人就站在门外。

"怎么回事！你去哪儿了？"

被大家这么一问，那人神情恍惚地讲述了自己这一宿的经历。

他睡到半夜，听到有人敲窗户。一般喝了酒的情况下，这点儿声音肯定听不见，但不知道为什么，昨晚他一下子就醒了。他担心有什么事，就打开窗朝外面看了看，没想到黑暗中站着一个女人。

"那女人特别漂亮，招手让我跟她去。"

男人连鞋都没穿，光着脚就追了出去。那女人在夜里看也特别美，完全把他给迷住了。男人想追上去抱住她，可怎么追也追不上。话说那女人跑得也不是特别快，感觉伸手就能够着。就这样，他追着这个够不到的女人一直跑一直跑，天破晓了还在村子里转悠。

听了他的这番话，朋友说：

"你呀，肯定是被狐狸精迷住了！"

看得见的人和看不见的人

听完这个故事，你会发现有一种人会在山里碰到怪事，还有一种人就从来不会碰到。很容易分清这两种人。这就和人们常说的所谓的灵异现象是一回事，听说有人能看到，有人却完全看不到。

"的确如此，比如五个人列成一队去狩猎场，总是同一个人遇上各种怪事。就算是走在一条什么都没有的路上，也会感觉被别人拖住腿之类的。我就从来没遇上过这种事。"

和我说这些的是住在打当村前山的铃木进，他七十多岁了，是狩猎方面的行家，他这辈子从来都没遇上过什么不寻常的事。

"我自己没经历过，但一个表兄身上发生过怪事。"

这事就发生在阿进的表兄和邻居一起沿着打当村里的路往森吉山方向去的途中。路太窄了，所以大家就列成一队前进。阿进的表兄走在后面。无意中，他越过同伴往前看，并不由自主地说了一句："那人，又来了！"

听他这么说，走在前面的人回过头来："什么？什么来了？"

"哎呀，就是从对面走过来那个人啊，那个女人！昨天也是在这儿遇见她的。"

"你说什么呢？哪有你说的这么个人啊！"

表兄吓得一激灵。他分明看到昨天也遇到过的那个女人，正从对面往这边走，可走在前面的同伴却说什么都没看见。

"怎么会看不见呢？对面明明有个女人。"

正琢磨着，那女人一下子就不见了踪影。这可真是件怪事。

"听他说，那女人好像挺漂亮的，手里拿着一个编织机。"

就是用来织毛衣的那种编织机。这女人单手拎编织机，接连两天下山，到底是有多喜欢编织呢？

狸猫弄出点儿声音就满足了

在英雄的故事里，狸猫也常常会出来溜达一下。不过，它们不会像狐狸那样为非作歹，只是干些调皮捣蛋的事罢了。

从前，从打当温泉去熊牧场的路上有一个很小的滑雪场，如今已经停业了。那里最开始是一片牧草地。马匹在过去的阿仁地区是非常重要的劳动力，因此各村落的山和分界线地带基本都用来放牧了。

"有天傍晚时分，我去那里割草，听到原野有'哐哐'的声音。"

那声音听起来像是樵夫用斧子砍树时发出来的，可附近却看不到一棵树。

"我大声喊一句：'是狸猫吧！'果然，那声音就消失了。听我爷爷说，他也经常在山里听到同样的声响。"

一次，爷爷砍完树刚坐下来休息，就听见背后传来

"哐哐"的砍树声。他觉得很奇怪，以为是什么人在干活，就朝背后的斜坡看了半天，却什么都没发现。爷爷正纳闷呢，又听到敲太鼓的声音。这下他知道了，在这种地方敲太鼓的家伙肯定是狸猫。不过它也就是敲了敲太鼓，并没有干其他事。

"最近，狸猫连电锯的声音都会模仿了。村民们'鸟枪换炮'，斧头升级成了电锯，不知道什么时候狸猫也学会了。"

村里人常常一进山就觉得有人在附近砍树，因为听见了电锯的声音。可是在附近的山林里转了一大圈，根本就没发现别人。没有人的山林里只听见电锯的声音，这便是狸猫的恶作剧了。

狸猫也会与时俱进，不过为什么只弄出点儿声音就满足了呢？关于这一点，估计只能去问狸猫才能弄清楚了。

* * *

和英雄同住打当村的村民高堰幸一给我这篇故事做了补充。高堰长年为森林劳动团工作，在大山里做着采伐、烧炭等活计，也算是大山专家了。

"我也听到过电锯的声音。劳动团进山砍树时听到的。当时以为是有其他人在附近干活，因为还有'咔嚓咔嚓，咚——'大树倒地的声音。但附近根本没有人在干活，也没看到操作区，只有我们森林劳动团自己的人。那真的是很怪异，所有人都听到了！"

据说这种谜一样的电锯声，后来他又听到过好几次。

高堰上高中的时候亲眼见过狐火。他那会儿上的是夜间高中，白天在工厂里干活，晚上在学校学习。

有一天下课之后，高堰和同学一起回宿舍。

"路上漆黑一片，突然冒出来一个大约五六十厘米的火球来。当时，家里有个亲戚病危，我还想是不是他死了。"

听高堰说，那火球是橘红色的，在半空中打着转，熊熊的火光把周围都照亮了。他和同学两个人在一旁盯着这团神奇的火焰，看了半天。不过，那时候他的亲戚并没有去世。

消失的蓝色池塘

从105国道的一条岔路过去，穿过隧道就进入根子村了。那条细长昏暗的隧道时常让人心惊胆战。这个村的奇异故事貌似也和狐狸有关。

在村民佐藤国男那里，我听到了各种故事。这里也是我的大山师傅，已故的佐藤弘二先生的家。弘二先生的妻子和他的爷爷奶奶，都给我讲了很多关于他的事。

"那是怎么一回事呢？有一天，弘二从山里回来说：'爷爷！不用非到深山里去了，我发现了一个地方，那儿就有很多草药！'"

国男总是去深山里采草药，弘二不放心，在比较近的地方找到一片草药。

"我问弘二在哪儿，他说在一条林中道路的旁边。那条路我也知道。他说那里有一个池塘，池塘周围长满了草药。"

国男听了觉得很奇怪，因为那个地方他经常去，并没有发现什么池塘。

"我说：'你记错了，那地方哪有池塘啊！'可弘二根本不听我的。"

按弘二说的，在我们之前都没注意的地方有一个池塘，里面的水呈现出漂亮的蓝色，并且周围长满了草药。可是家里没人相信他的话，大家都觉得根本就没有那么一个池塘。于是，弘二气哼哼地说："好了好了，那明天早上大家一起去看看吧！"

第二天早上，弘二、国男和几个孩子，以及荒濑和西根，一起去了那个地方。

"就是这儿！池塘就在这上面！"

行至一个蛇形弯道，车子停了下来。弘二下车就往斜坡上爬，跟着来的家人虽然都不相信有池塘，但看弘二这么信誓旦旦，也有点儿拿不准了，心想：说不定真的有呢？

登上斜坡，大家只看到了弘二的身影，他前面是一大片森林——既没有草药也没有蓝色的池塘。

"那到底是怎么回事呢？弘二可是一直说'绝对有'啊。是不是被狐狸骗了？"

根子村的猎人个个都是大山里的能手，他们每次想念弘二的时候都会说这个故事。

狐火、胜新太郎

无论是根子村还是打当村，都流传着很多关于狐狸的故事。而其中有一大半都和醉鬼有关。这很有意思。

一天，国男家来了个熟人。这个人很喜欢摄影，村里举行大小活动他都会跑去拍照。照片洗出来之后，他还会挨家挨户给人送过去，大家都对他赞不绝口。当然，收到照片的人家也不好意思白拿，总会请他进去喝上一杯。

"那人在我这儿喝了一杯，又去了别处，没想到就不见了。"

和平时一样，他挨家挨户给人送照片，到国男家的时候已经喝了不少。尽管如此，还是喝了一杯才离开。然后，人就失踪了。没人知道他去了哪儿。大家都很担心，怕他喝多了出事，满村子地找。

"哎呀，听说他一个人在河边的路上折腾呢，而且还光着身子。村里人费了好大的劲才把他带回去。他一直坚称自己在'打架'！"

估计那个人是在和什么看不见的东西搏斗吧。当然，是村里其他人看不见，他自己肯定能看见。

"我说你到底和谁打架呢？"

"就那个，座头市[1]嘛！"

"座头市？你说的座头市是胜新太郎吗[2]？"

"是啊，是啊！我现在就正和胜新太郎打着呢！"

***

喝了酒到处乱走好像不能说是男人的专利，这又是个发生在根子村的故事。村里有个老太婆，人人都知她好酒。有一次过节，她挨门逐户地去别人家喝酒，村里人都看见她喝醉了晃晃悠悠到处走的模样。

"我们家老太太没回来，你知道她去哪儿了吗？"

没过多长时间，老太婆的家人就一脸担心地跑到国男家来找了。

"你们家老太太是来过，可早就走啦！"

1　电影《座头市》中的主人公，一位眼盲的侠客，剑术精湛，他拔剑如同闪电般迅速。

2　东京出生的著名歌手、演员。因主演电影《座头市》而轰动一时。

再怎么说也是上了年纪的人，而且还醉成那样，要是真掉进河里，那就只能等着开追悼会了。村里人不放心就一起出去找，后来在村子外面的路上发现了她。看老太太没事，大伙儿都松了口气。可是走近一看，却发现不太对劲。那地方不是什么坡道，老太太走路的时候却费力把腿抬得老高，看起来怪怪的，嘴里还振振有词地说着：

"怎么这么深啊，怎么这么深啊！"

老太婆平安无事地被家人带回去。后来听她说，从国男家出来之后，她又转了差不多三户人家，回家路上突然下起了雪。雪特别大，不一会儿的工夫就积得很厚，走路都困难了。听老太婆这么一说，村里人算是明白那天她走路为什么那么奇怪了。但那可不是个下雪的季节啊，何况大家明明看到老太太走在一条平坦普通的路上。

"你这是喝多了瞎跑，给狐狸精施了妖法啦！"

听大家这么说，老太婆后来在喝酒上便节制了些。

* * *

"差不多都是这样，不是因为喝醉了酒，就是因为特别累。"

对我说这话的是根子村的一位师长佐藤哲也先生。他长年从事教师工作，还是教育委员会的成员，算得上当地的学问人了。在哲也先生看来，根本就没有被狐狸精迷住之类的事。

"人们在山里看到乱七八糟的东西，大部分情况是因为太劳累了。在雪天里也是一样，风雪交加，什么都看不清楚，就会把大树的影子当成妖怪。狐火之类的现象，不是已经有科学的说法了吗？那是磷化物燃烧，或是街灯、家里的灯光反射出来的。只有那些自己吓唬自己的人才会看走样。"

否定掉所有的奇特现象，挺索然无味的。大概哲也先生从来没有经历过吧。

"我也见过！"

啊？见过啊。

"有一次回家路上，我看见隧道下面的墓地里飞出来一团很大的光，之后又缓缓地落到一块墓碑的后面了。"

原来哲也先生也见过谜一样的发光物啊。我问他是怎么看的，他说："估计是附近哪家的灯光反射在墓碑上了。"

墓地附近都是大山，哪有什么人家啊！

好友的担心

在荒濑町经营铁匠铺的西根稔（已故的第三代正刚）也是阿仁地区的山野猎人，他还是我的恩人。一开始大山对我来说很陌生，完全是个门外汉，西根时常带我去大山各处探访，这才有了今天的我，他的帮助让我无以为报。西根给我讲过一个大蛇的故事。

"有一次我去阿仁町的露熊溪谷，在山里发现一根瓦管[1]。这东西出现在山里真的很奇怪。瓦管为什么会横在这种地方呢？我再仔细一看，不对，瓦管怎么还会动啊？"

横在狭窄山路上的不是瓦管，是条蛇。那不是一条普通的蛇，它从左边的草丛直穿到右边的草丛，一截身子横在路上，也不知道哪边是头哪边是尾巴。

---

1 用黏土烧制的圆筒形管子，用作排水管和烟囱等。

露熊溪谷距离荒濑町很近，经常有蛇出没。此地供奉着七面天女（日莲宗守护法华经的女神），附近的萱草地区供奉着七面女神。按老话说，这种地方就是会有大蛇出没。而阿仁地区自古就因为出产金银的矿山而闻名，山里人都知道，大蛇的存在和矿山总是密不可分的。

* * *

蛇的故事，我还听打当地区的英雄和我提过。他的一个女性亲戚，去储物间里拿味增酱。她打开吱吱作响的木门，走进昏暗的储物间，突然被什么东西吓得一个趔趄。屋里有一条啤酒瓶粗的蛇，从天花板上摇摇晃晃地垂下来，正盯着她看。

女人吓坏了，赶紧跑出储物间，去告诉正房里的家人。她父母一听说有蛇，赶紧跑进储物间。结果，除了那个女人之外，其他人都没有看到蛇。

这女人睡觉的时候感觉有什么东西掉在了被子上，还被类似 UFO 一样的光亮包围过。她反正就是一个会遇上各种怪事的人。

* * *

说到光，住在露熊溪谷入口处的齐藤真一，也看到过不可思议的光团。

"我是透过客厅的窗户看见的，那光团就在对面杉树林一带忽忽悠悠地飘在空中。我和老婆都看见了，不知道那是不是狐火。"

听说夫妻俩看到的光团有垒球那么大，飞得和杉树差不多高。

齐藤还看到过不可思议的东西。

"哎呀，那天夜里我去上厕所，无意间往窗外看，发现了一只动物，它脑袋到后背都一闪一闪地发着光。我以前从来没见过那种东西。"

齐藤大吃一惊，立即跑出厕所，拿上手电冲到屋外。可是，找了半天也没发现那只动物的踪影。

* * *

西根家和齐藤家住得很近，他俩是从小玩到大的好哥们儿。西根突然离世让齐藤消沉了很长时间。葬礼后的一天，齐藤无所事事地待在客厅里，不可思议的事情发生了。

"先是天花板上有'嘎吱嘎吱'的响声，我正奇怪是怎么回事，桌子上的水杯也'咔嗒咔嗒'地动了起来。我马上就意识到是铁匠来了。"

齐藤说的铁匠就是西根。又过了两三天，齐藤的女儿傍晚下班回来，把车停进车库，刚要进家门，突然听见有人说话。

"嘿，刚回来啊！"

那个声音她记得很清楚，是西根。她一出生就认识西根叔叔了，所以一点儿也不害怕，心里反倒感觉暖暖的。

一条怎么也到不了的路

人都有可能在不认识的地方迷路，这不算什么新鲜事。但是突然在很熟悉的地方迷失方向，这要怎么解释呢？

就连大山里土生土长经验丰富的老猎手，偶尔也会莫名其妙地走进一个不可思议的地方。

那是一个初冬时节，打当村的一群猎人集体外出猎熊。他们个个都是在大山里摸爬滚打超过三十年的老手，这绝对是一支经验丰富的猎手团队。

"我一到村里就用对讲机和大家联系，有一个同伴没有答复，呼叫了半天，还是没有一点儿反应。"

所谓"围猎"，就是由猎人的助手顺着山坡将熊往上赶，在山上各处埋伏好的猎手就可以趁机把乱窜的熊干掉。猎手们上山到达指定的位置后，山下的助手便一起喊着："吼吼～～ 吼吼～～"

吼叫着把熊往山上赶，直到嗓子喊哑为止。可那次老半天过去了，也不见猎人有所行动。

"怎么了？好奇怪啊，是不是出什么事了？"

因为担心那个没有接通对讲机的队友，大家决定暂停狩猎去寻找他，可找了半天也不见其踪影。

"我们在他负责的区域进行了一次地毯式的搜索，依然没有找到，真不知道他到底跑到哪里去了。"

话说，同伴拼命找他的时候，他在什么地方呢？他根本就不在自己指定位置的山脊线一带。

"不，应该是再往前四五公里吧，谁会想到他在那么远的地方。"

最后还是在深山里修路的工人发现了他。从山上下来的时候，他的样子怪怪的，大家问他：

"你这家伙跑到哪里去了？"

他一开始还一脸迷茫，后又突然清醒过来。不管怎么说，总算是平安回到了同伴当中。后来他回忆：

"我只记得自己朝着指定位置的方向进了山……后面就什么也不知道了。自己去了哪儿也完全没印象了。"

事实上，他走过一座大桥，沿途经过一个小型温泉。可是他完全不记得了。

"要是那时候修路的工人不叫住他，还真不知道会出什么事呢！"

＊＊＊

我还听说比立内的猎人外出打猎，集体遇上了这样的怪事。他们一行六个人，也都是老猎手了，大家前后紧跟着往猎场的方向走……

"明明早就该到了，可是却感觉越走越远，后来才发现跑到相反的方向去了，一帮人谁也不知道是怎么回事。"

本地猎人去自己常去的猎场，却找不到地方，这可是新鲜事，再怎么想都太奇怪了。别看他们都是些身强力壮的汉子，遇上这种怪事心里也怕得要命。

"阿毗罗哞欠苏婆诃！"

大伙儿嘴里念着咒语，好歹下了山，又双手合十一次次地向山神祷告。

后来，猎人们又去那附近确认了一次，想弄清楚到底为什么会走错路。

"那地方什么都没有，到山顶右转一直走就到猎场了，绝对不可能迷路。而且又不是单独行动，六个人竟然谁都没有察觉，实在是太诡异了。"

＊＊＊

当地叫作狸猫山溪的地方，也常常发生类似的事。这里的"狸猫"，意思是人们迷路是狸猫的恶作剧，而和狐狸无关吗？

"绝对不能带炸鸡、炸鱼或是天妇罗这类食物进山，否则会遭殃。真的有人因此受了重伤。"

这是打当村的村民高堰说的，其他猎人也和我说过类似的话，油炸食品是绝对禁止带进山的。不过，也有一些东西是有好处的。

"大蒜啊！放一头生的大蒜在胸前的衣兜里，那些乱七八糟的东西就不敢靠近你了。"

大蒜竟然能保护人们不受山怪的伤害，这着实让我很吃惊。之前倒是听说过大蒜可以驱赶吸血鬼。在山里，好像是有不少猎人这么做。

蛇与大山的奇妙关系

比立内的村民佐藤正一，一直都用他极其理性的方式接近大山，熟悉大山。

"进山的话，不能一个劲儿地往深处走。比如说，今天计划好要去什么地方，那么到了那个地方就不要再走了，前面的路留给下一次进山探索。"

正一从年轻的时候起就这样用他自己的方式，一步步走进大山，探索其中的秘密。

"我对山里的情况可以说是了如指掌，迷路这种事是绝对不可能发生在我身上的。狐火？我可没见过那东西。别的不说，大家一遇上什么怪事都喜欢往狐狸身上推，我看这就是把自己的失误嫁祸给狐狸罢了。"

上了年纪的爷爷奶奶，或是老猎手，在山里迷了路，村里都会派一支救援队进山搜索。

"最后还不都平安找回来了，我看他们就是给大伙儿添麻烦。但凡遇到这种情况都说是被狐狸骗了，别人还能说什么呢？不管犯了什么傻，全推给狐狸了，这样最省事。"

听正一说，他只要听那些人讲自己是怎么被狐狸骗的，马上就能猜到他们是在什么地方迷的路。因为山里那些地形复杂的河道和小路他全都一清二楚。

"口口声声说自己被狐狸骗了，其实迷路的地方基本就是固定的那几处。其中一些地方地形看似不复杂，但如果把河道搞混了的话，那就有可能往完全错误的方向走。久而久之，大家都爱说自己被狐狸骗了。"

正一没见过狐火，也从来没在山里遇上过什么怪事。我问他有没有什么特别的经历，会让他时不时地想起。

"这种事，好像没有……哦，对了，你知道七面山吗？有没有听说过关于蛇的故事？"

我发现正一的表情不一样了。

"蛇吗？"

"有什么特别的吗，和蛇相关的？"

"那是很早以前的事了。七面山的大和尚说我'被蛇精附体了'。"

那是小学六年级的时候，正一参加学校组织的郊游，和同学一起去了七面山。山中寺庙的住持见到正一，第一句话就是："施主被蛇的灵魂附体了。"

"我当时心里一惊，因为前不久我确实杀了一条蛇。"

那是几个月之前的事了，正一听到邻居家传来尖叫声，赶紧跑过去看。原来那家的房间里盘着一条巨大的蛇。

"那是一条足有两米长的锦蛇，据说是从天花板上掉下来的。"

碰巧那天只有老爷爷一个人在家，他看见这么大的蛇吓得站都站不住，只能一个劲儿呼救。正一当下就把它给打死了。

"那件事我没和任何人提过，所以被住持这么一说，不禁吓了一跳。"

而住持的告诫更是让他出了一身冷汗。

"他说如果我不赶紧把它被除，就会遇上大麻烦……"

住持告诫正一，如果这条蛇的灵魂一直纠缠着他，那灾难就会降临到他或是他家人的头上。为此，正一在庙里接受了驱灵的法事。

"后来我又见过一条大蛇，那是附近神社重建的时候。拆除旧的神社时，发现了一条通体洁白、长度也有两米左右的大蛇。"

不用说，这一次大家恭恭敬敬地把这位蛇仙请走了。

***

说到巨型白蛇，打当村的高堰也和我说过。

"你在山里见过白色的蛇吗？我见过！而且还非常大。有一次，我在山里走着走着，那蛇就突然出现在我面前了。"

据说，那条蛇扬起镰刀脖，足足有六十厘米长，挡住了高堰的去路。六十厘米的镰刀脖，那和眼镜王蛇差不多了，八成也是条两米左右的大家伙。阿仁的山里似乎有不少特别吓人的庞然大物。

被弄脏了

这个故事也是打当村的高堰给我讲的。

差不多是五年前吧，鹰巢市的一个建筑公司承接了一个在森吉山修建森林道路的工程。其实就是在森吉山北侧的山脚下修一条路。就地形来看，难度不大，不过……

"开工没多久，工程进行到一个村子附近，施工队开始接二连三地发生怪事。大伙儿埋头干活之际，常常听到背后有说话声，转身去看，却根本就没人。再投入到工作中，一些人竟感觉背后有谁在叫自己，回头一看，仍然是什么都没有。"

施工队的十来个人，都听见过这种奇怪的声音。而怪事，还不止这一件。

"不久，又有人被鬼魂附体了。那鬼魂还跑到工人家里，附在他母亲的身上，引发了不小的混乱。这不仅仅发生在一两个人身上，好多人都遭遇了同样的事。自始至终，公司也没查清楚那地方到底有什么问题。"

差不多是五十年前吧，有三个人在那里遭遇了雪崩，不幸罹难。附近有片沼泽地，据说有个男人离奇死在那里。当地人都知道那是个不祥之地。施工队还发生了更麻烦的事呢。一对夫妇，村里人都知道他俩对那些奇怪的事物特别敏感，老公被工地上的鬼魂附体，终日不得安宁，最后实在忍无可忍，跑去七面山向寺院求助。他求了一道灵符，回家贴上，以期驱赶鬼魂。

"第二天，他发现请回来的灵符变得黑乎乎的了。"

灵符变得很脏，看起来就像是被烟熏过似的。夫妻俩觉得肯定是有人故意弄脏的，不过那之后家里再没发生过怪事。灵符镇住了鬼魂，生活也回归了平静。夫妻俩又去寺里请了一道新的灵符，故事就此有了圆满的结局。

"在神佛的护佑下，一家人顺利渡过了难关。但那张灵符到底是怎么被弄脏的呢？"

猎人的濒死体验

打当村的猎人铃木达郎，一次感冒久治不愈，最后引发了肺炎，差点儿小命不保。他住院五十多天，其间还几次报了病危。

"那时候也不知道什么害怕了，人迷迷糊糊的，感觉自己像是在一座寺庙里，大殿里摆着一座祭坛，我琢磨着那就是用来祭奠我的吧……"

虽然不确定是哪里的寺庙，但是铃木觉得那就是给自己举办葬礼预备的。祭坛的对面有排隔扇，时间一到，和尚应该会从那里走出来。

可是……

"等了半天，那排隔扇都没打开，也不见和尚的影子。我心想这下麻烦了。"

到最后，和尚也没有出现，灰心的铃木只好从寺庙里出来。可是一条很大的河又出现在面前，阻挡了去路。浑浊的河水汹涌湍急。

"这可怎么办？哪里能过河呢？我急得到处走，突然就醒过来了。"

之后，铃木的病情慢慢好转了。如今，他已经六十六岁了，依然精神矍铄地去山里打猎呢。如果那时候隔扇开了，和尚从里面走出来，估计铃木就再也醒不过来了吧。

＊＊＊

打当村的高堰长年随森林劳动团进山工作，是个大山专家。他给我讲了一个他朋友遇到的事。

"伐木时，他负责把砍倒的大树用缆绳捆好并拉下山。有一次，缆绳松开，木料一下子散开，砸到了他身上。"

朋友身受重伤，快要不行了，大家赶紧送他去医院。可是工地在深山里，山路大多崎岖不平，越是着急越走不快。朋友的脸上渐渐没了血色，意识也在一点点丧失。

"到医院的时候，真是大半条命都没了，还好最后抢救过来了。听他说，昏迷的时候看到了一片花圃。"

高堰的朋友被送到医院的时候，已经完全没有意识了，可是他却知道自己被推进了重症监护室，很多人在他身边说话。他甚至还说，他看见自己被安置在重症监护室。那个时候的他，既不觉得奇怪，也没感到害怕。随后，他从医院里跑了出来，拼命走啊走，眼前突然出现了一片花圃。

"那是一片特别漂亮的花圃，我站在花圃里，感觉对面有个人。那人是个和尚，一直向我招手，示意让我过去。"

看着那片美丽的花圃，心情不由得愉悦。无论对面的和尚怎么向他招手，他都不想过去。之后，朋友苏醒了。

铃木没看到和尚从屋里出来，高堰的朋友没被和尚叫走，最后他们都得救了。和尚在这些故事里担当的角色真的很有意思啊。

呼喊的人

　　根子村的猎人佐藤弘二，年轻的时候就有挑战大山的宏愿。一路走来，有很多人帮助过他，最初锻炼他的人是打当村的猎人阿清。

　　"说起来，那人是个真正的猎人，让人望而生畏。有一次，我和他面对一座像屏风一样陡峭的岩壁，想要前进就必须翻过去。那岩壁实在吓人，根本找不到一个可以固定绳索的地方，能抓的也就是小指头粗的一根根野草。我只能尽量让整个身子趴在岩石上。为了防止我逃跑，阿清一直在后面拿枪对着我……"

　　这个叫阿清的人，后来在一次重大事件中成了英雄人物。弘二师从过这么厉害的人，此后也从未放松过自我修炼。

　　有一年三九天里，弘二独自进山打猎。一般来说，三九天打猎就是去捉个野兔之类的。不过那次不一样，弘二为了磨炼自己的意志力，打算在山里过夜。

"进山之后，天色渐渐暗了下来。我刨了一个雪洞，又砍了些木柴把洞口堵住，这样风就吹不进来了，能暖和一点儿。"

就这样，弘二做好了露宿山林的各种准备，只等迎接漫漫长夜了。

"如果在山里迷了路，惊慌是没有用的，尤其是在恶劣天气，能做的就是忍耐和等待机会。轻举妄动的话，可能会丢掉小命。刺骨的寒风连白天都觉得难熬，夜里就更不用说了。好在我有雪洞可以栖身，不过绝对不能睡觉。因为人睡着了，血液循环就会减慢，很容易被冻僵，那样就再也醒不过来了。"

弘二就在雪洞里静静地等着第二天清晨的来临。傍晚的时候，风停了，天空零星飘着几朵雪花。可到了半夜，天气骤变，暴风雪降临。猛烈的风声让人心生恐惧，感觉死亡近在咫尺。为了防止门被风吹开，弘二拼命用手抵住洞口的木柴，突然……

"声音！我听到有什么声音！"

在呼啸的风雪声中，弘二听到了另一种声音，他竖起耳朵仔细分辨，那分明就是人的声音。

"外面的风声实在太大了，我听不太清楚，但能感觉是在喊什么。听着听着，好像能分辨出来了，那声音是在叫我！"

外面那么大的暴风雪，怎么会有人喊自己的名字呢？不可能！弘二告诉自己不要去理会那个声音，但没过多久，他心里又开始犯嘀咕了。

"我在想，是不是朋友怕我出事来找我了。于是，我扒开一条缝，侧耳倾听，果然清楚地听到有人在喊我的名字。"

弘二想着，那要真是自己的朋友，在风雪里迷路可就惨了。于是，他从雪洞里出来，四处去寻找。

"风雪太大了，我什么都看不清楚，只能边喊边找。这期间，一直能听到有人在喊我的名字。"

弘二突然停下了脚步。

"不对，这不是人，绝对不是，我再走下去也是徒劳！"

于是，他马上返回雪洞，重新用木柴把洞口封好，一动都不敢动了。也不知道过了多久，异常猛烈的暴风雪渐渐停了下来，那声音也随之消失了。弘二推开木柴往外看，月光皎洁如银，群山在夜色中伸向远方。

"也真是够险的，我要是就那么走出去，肯定要倒大霉的。"

银白色的怪物

　　这个故事我是听狩猎小队的人说的，他们之前给过我不少关照。阿仁地区伏影村的村民伊藤，出生在猎户世家，祖祖辈辈都是山野猎人。铁匠铺的西根是我的大山师傅，伊藤加入了他组织的西根小队，常常随队外出打猎。

　　冬季里的一天，大家去根子村周边打野兔。阿仁地区被认为是山野猎户的发祥地，据说，根子村又是其中最核心的起源之所。打野兔也是由助手把兔子往山上赶，早就在山上埋伏好的猎手就能在它们惊慌逃窜之际，轻松射杀。大家一般都把这种方式叫作"围猎"。这天，伊藤到达第一个伏击地点后，静静地等待捕猎的开始。

　　"当时雪停了，天气也不错，打野兔是再合适不过了。距离助手们行动还有一会儿时间，我就四处转悠。无意间，往山坡下面瞥了一眼，这可把我吓坏了！"

　　伊藤站的位置往下一点儿，覆盖着白雪的山坡上有个大家伙。

"当时就觉得那家伙有点儿像狮子，但要说到底是什么，我其实也说不清楚。它就那么趴在地上朝我这边看。"

置身于明媚的阔叶树林、寂静的雪山中，面对这么一头硕大的怪物，猎人只好端起了枪。

"我想总得做点儿什么吧，便举了起枪。其实，我也知道自己根本不是它的对手。"

如果有来复枪或是单发弹，也许能把这个大怪物干掉。但他们那天是去打野兔，枪膛里装的都是没什么威力的霰弹，实在是力不从心啊。

"我估计这回是死定了，但就这么僵持下去也不是事，便一点儿一点儿往后退，跑去找其他队友了。"

伊藤用对讲机和队友们说，他瞧见一头大怪物，如果不想办法制服它的话，恐怕大家都有危险……

"这帮人根本不搭理我，还嘲笑我是不是脑子出问题了！"

结果因为没形成包围圈，大家又去其他地方打野兔了。自始至终，没有一个同伴相信伊藤看见了怪物。

"真是窝囊啊！我后来就再也没和别人说起这件事了，反正也没人相信我！"

一晃，二十多年都过去了。

* * *

伊藤还在他们家附近被狐狸尾随过。有一天，他开着皮卡在田间穿行，忽然，发现前面路上有个什么东西。

"哎哟，那是什么啊？仔细一看，原来是只狐狸。它就趴在那儿，一动不动地盯着我看。"

伊藤减慢速度，缓缓前行，那狐狸还是纹丝不动地死盯着他。他被盯得心里直发毛，干脆换了条路走。

虽然从林子里走有点儿绕，但伊藤觉得，这总好过莫名其妙被狐狸盯上。

可他没想到……

"我从山里转出来，在一个下坡的路口，又看见了刚才那只狐狸。"

于是，伊藤调了个头，原路返回。可一进树林，他又吓了一跳。

"那只狐狸在林子里跑，竟然比我先到了一步。刚才也是……"

伊藤只好一路和狐狸斗智斗勇，尽量不让它靠近，好不容易才摆脱了它。

* * *

"一直到我上高中，晚上走这条路都得提个灯笼。那个年代，手电筒啊干电池之类的，还是奢侈品呢。"

周围漆黑一片，只能靠灯笼发出的那点儿光前行。有时候，灯笼会突然熄灭，仔细一看，是蜡烛没了。可明明出门的时候才换过新蜡烛啊，怎么就没了呢？

"那也是狐狸捣的鬼，把蜡烛给拿走了！"

据说，伏影村的狐狸最喜欢恶作剧了。

* * *

有偷蜡烛的狐狸，还有提灯笼的狐狸呢。这个故事是我从比立内的养蜂人伊藤洋一那里听说的。

"我外婆小时候的那个年代，没有国道之类的大路，只有一条沿着阿仁川弯弯曲曲的小道。那条路一到夜里就黑得伸手不见五指。"

当时，想要正经买点儿东西得到十二公里外的阿仁合。一天，一个阿婆去阿仁合买东西，她走得很快，打算早去早回。但碰巧在商店附近遇到一个亲戚，两个人一聊就忘了时间。

"这么一耽搁，想趁天黑前返回根本就不可能了。"

眼看着太阳快要落山了，阿婆急急忙忙地往比立内赶。沿着阿仁川的那条路，途中要过好几座桥。走了一半儿都不到，天就完全黑下来了。因为一开始就没打算晚回家，阿婆没有随身携带照明工具，只好摸黑快步前行。

"哎呀！那是什么啊？"

就在快要进村的时候，阿婆发现漆黑的道路上有一小束光正晃动着朝她这边靠近。她以为是狐火，吓得要死。可是这深更半夜的山路，也不知道该往哪儿跑。阿婆只好站在原地，一动都不敢动。过了一会儿，她发现那个亮光是灯笼发出来的。

"啊啊，你是来接我的吗？"

阿婆以为她还没到家，家里人不放心，所以到村口来等她了。这下她心里总算踏实了，刚才的不安也抛到九霄云外去了，便跟着那灯笼走了。

结果，阿婆失踪了。第二天，村里人集体出去找，才发现她蹲在河滩边的草丛里。

"阿婆紧跟在灯笼后面，可是走了半天都不到家。半路上掉进河里，摔得够呛，这一宿真是没少遭罪啊。"

阿婆被发现的时候，衣服破损了，浑身上下都是伤。她在阿仁合买的东西也一件不剩，全都弄丢了。

"都是被狐狸害的，类似的故事讲都讲不完，而且这些全都是真事啊！"

洋一说这话时还特为加重了语气。

*　*　*

听完洋一说的故事，他隔壁的邻居接着给我讲。

"说起来，我也见过狐火，就是那次去深山里采灰树花菌的时候。"

据说，他是在采完菌子回家的路上看见的，一开始还以为是别的村子点的灯。可是一琢磨，那地方前不着村后不着店的，附近哪有什么村子啊。

"我觉得很奇怪，心想一定是迷路了。一想到迷路，内心就很不安，感觉四周都变暗了。"

"啊？天变黑了？你说的不是晚上的事情啊！"

"不是不是，那差不多是下午三点吧，天突然黑了下来，紧接着就看见对面有好多束光在闪。所以，我才会以为是看见别的村子了呢。"

大山里的事没有佐藤正一不知道的，他接话道：

"你说的那地方要翻过一座山才能看到村子呢。"

天突然黑下来，能看见远处好多光束。看样子，狐火并不是只有夜里才会有的现象啊。

*　*　*

阿仁的这三个地方——根子、打当、比立内，有关狐火和狐狸的故事特别多。周边是不是也一样呢，接下来就让我们一起去邻近的上小阿仁地区，听听那里的故事吧。
上小阿仁地区在经历了平成大合并之后，依然保持独立。
这里有个八泽木村，是两百多年前从阿仁的根子村移居过
来的村民合力建成的。如今，这两个村子都住着不少彼此
的亲戚，大家相互之间交流也很多，就连八泽木村的传统
艺术番乐也源于根子村。我在八泽木村和很多村民都聊
过，发现这里的奇异故事并不是很多。就连八十八岁高寿
的老猎手都不知道这种事，而且连听都没听说过。

　　"倒是有个人总说自己能看见灵魂。那人是个倔脾
气，总爱叨叨什么'好可怕啊！哎呀，魂儿来了'之
类的。"

　　"哦，那个人啊，就是不可理喻的老顽固。"

　　"是灵魂吗，不是狐火？"

　　"狐火？我们这里都没怎么听说过那玩意儿。大家都
说看见狐火的人十有八九是要死了，而且确实有人因此去
世了。"

　　看见狐火就会死，这种说法我在阿仁可没听说过。看
来两个村子虽然拥有共同的祖先，他们的思维方式还是有
很大差异。

II 通往异界之门

狐狸与孩子的神秘失踪

　　秋山乡是位于新潟县和长野县交界处的一个古老村庄。从江户末年到明治时期，有不少来自阿仁的山野猎人在这里安家落户。中津川从村中流过，这里地势险峻，是全日本为数不多的深雪地带。

　　正因为如此，直到明治时期村里才开始栽种稻谷，但产量一直很低。多年来，此地一直用迁移农业[1]的方式种植各种杂粮。人们将杂粮与七叶树的果实混在一起，制成杂粮团子，作为他们日常的主食。这些都是秋山乡里一位阿仁猎户的后代告诉我的。

1　一种古老的比较原始的农业生产方式，没有固定的农田，农民先把地上的树木全部砍倒，对一些大树有时先割去一圈树皮，让它枯死，然后再砍倒。已经枯死或风干的树木被火焚烧后，农民就在林中清出一片土地，用掘土的棍或锄，挖出一个个小坑，投入几粒种子，再用土埋上，靠自然肥力获得粮食。当这片土地的肥力减退时，就放弃它，再去开发一片，所以称为迁移农业。

"我好像没遇到过什么不寻常的事……嗯——有一个小孩儿突然不见了。"

那是五十多年前的事了。有一对夫妇进山务农，他们那一带也采用的是前文提到的迁移农业的耕种方式——将山坡开发为耕地。

夫妻俩和平时一样，带了四岁的女儿进山。一般下地干活清早就出门了，回家时天都黑了，所以带着孩子也很正常。爸妈干农活的时候，女儿就在一旁摘野花，追蝴蝶什么的自己玩。对夫妻俩而言，能这样边干活儿边看着可爱的女儿，比什么都开心。

午餐就是从家里带来的杂粮团子，夫妻俩望着地里丰收的黄米聊着家常，女儿在一边笑嘻嘻地大口吃着团子。

夫妻俩打算花一天时间把这片地的活儿干完，所以下午铆足了劲，干得比平时卖力。其间不放心，抬头看了看，没想到女儿不见了，怎么喊都不见有回应。

夫妻俩神色慌张地下了山，不久，整个村子都炸开了锅。妻子大声哭喊着，整个人都要崩溃了，丈夫脸上也没了血色。

"是突然不见的吗？千万别是给妖怪带跑了啊！"

村里组成了一支紧急搜救队，他们以农田附近的大山为中心展开了搜索。可到处都找遍了，就是不见小姑娘的影子。眼看太阳就要落山了，大家也越来越着急。天一黑怕是凶多吉少。就在这时候，突然听见有人喊：

"回来了！回来了！"

大伙儿赶紧朝那个声音的方向跑过去，跑在最前面的夫妻俩高兴得都要跳起来了。原来是去深山里采运木材的男人把小姑娘带了回来。问他是在哪儿找到的，大伙儿一听都吓傻了。

"从林场回来的路上——你们知道那儿有一片空地吧？"

那地方没人不知道，在深山的入口处，都说是狐狸、天狗之类经常出没的地方。

"小姑娘就坐在一块大石头上，一个人笑得可开心了。"

那块石头特别大，成年人爬上去都要费点儿力气，一个四岁的孩子绝对不可能自己爬上去。再说，她是怎么一个人跑到那片空地上去的呢？这也让人费解。

小姑娘现在已经长大成家了，就生活在长野县荣村的村中心。

不死的白鹿

在秋山乡，一些本地人也开始追随阿仁移居过来的猎户进山猎熊了。此前，狩猎在当地并不盛行，所以附近的山林没遭到过任何破坏，在阿仁猎户的眼中简直就是一座宝山。

那些猎户的本事可大了，有村民愿意跟他们一起进山也不算稀奇。位于秋山乡新潟县一侧大赤泽的村民藤木宣重就是其中之一。

"我那会儿还不是猎人。那些猎户都是从秋田县过来的，我听他们讲过一个关于鹿的故事。"

藤木家祖祖辈辈都生活在秋山乡，他从年轻时候起就和阿仁猎户的后代一起在险峻的大山里游走。他们去深山猎场，大多都会在沿途的山洞里过夜，晚上大家围坐在篝火边聊天，少不了讲一些捕猎的故事。

"有一次，一群经验丰富的老猎手去山里猎熊。他们一直走到了山林深处，都没见到熊的影子，而大家早已经筋疲力尽了。"

他们走在险峻的山路上，突然听见背后的草丛里有动静。那声音一听就知道不是熊，猎人们想要搞清楚到底是什么，一个个都目不转睛地盯着看……

"出来的是一头鹿，浑身上下洁白如雪。"

原来是一头白鹿。这令一无所获的猎人喜出望外，纷纷举起枪准备射击。

"砰——"

有人扣动了扳机，冰冷的枪声响彻山谷。因为距离很近，大家想着不可能失手，就在原地等待白鹿从山坡上滚落下来……

"但白鹿并没有倒下。那个人继续射击，白鹿依然安然无恙。见状，大家纷纷朝它开枪，一共射出了四十多发子弹。"

可是，白鹿仍旧纹丝不动，直勾勾地盯着猎人们。遇上这种事，身经百战的老猎手也吓得魂飞魄散，全都双手合十念起了佛经。没过一会儿，白鹿就调转方向，奔跑着消失在树林里了。不用说，猎人们那会儿什么也顾不上，急急忙忙就跑下了山。

* * *

"有时候冷静下来想想，好多事根本就不可能发生。

但有一次去夜捕，我真的遇见了怪事。"

夜捕就是专门射杀大飞鼠等夜行动物的捕猎活动（现在已经被禁止了）。

"那天我踏着积雪朝狩猎场的方向走去，迎面突然出现了一座巨大的岩壁。"

藤木走的是一条普通的林间道，他经常走，根本就没有岩壁。可那时岩壁就横亘在面前，挡住了他的去路。

"太怪了，太奇怪了！虽说是晚上，但我肯定自己没走错路！可是，那岩壁根本就翻不过去啊。"

藤木觉得不对劲，心里一个劲儿地琢磨：

"我告诉自己这肯定不是真的岩壁，只是个障眼法而已。要冷静，只要冷静下来，那岩壁自然也就会消失。"

于是，藤木蹲下身子，闭上眼睛深呼吸，让冰冷的空气充满整个胸腔。他半天都没有睁开眼睛，一直对自己说：

"冷静，冷静，那不是岩壁！"

当他再睁开眼睛的时候，分明看到那岩壁在移动，不一会儿，眼前就恢复成了青森冷杉树的样子。

"我那时候要是心里一慌，跑到岔路上，估计就在山里迷路了。"

* * *

类似的故事我在阿仁地区也听说过。

猎人去深山里采蘑菇，越走越感觉不对劲。周围的山看起来怪怪的，平时进山走的都是野兽出没的蜿蜒小路，可这会儿眼前却是一条笔直的大道。路两旁是茂密的针叶树林，看不到一条岔路，仿佛在说："就走这里吧！"

猎人感觉很奇怪，因为之前从来没走过这条路。于是，他蹲下身子，取出香烟点了一支。他大口地吸着香烟，然后朝着天空吐出去。就这样，慢慢让自己平静下来，眼前的道路也随即变回了平日里常见的山野小路。

"时不时就会碰上这种事，要不看见一条路，要不就是看见山上有一座桥，可真的走过去，肯定会掉进河里。这都是狐狸捣的鬼啊。"

* * *

从藤木那儿我还听说了另一个秋山乡猎人的故事。

前面提到猎人们晚上会在岩洞里点篝火，一边取暖一边聊天。那会儿山林里的路还没修通，去深山里打猎，一天时间是不够的。有人会搭一间临时的猎人小屋过夜，也有人会在岩洞里将就一晚上。如今，山林路已直通大山的最深处，开着皮卡去打猎，当天往返绝对不成问题。

"那次我们是去捕猎'出熊'。"

山里人管春天刚从冬眠中苏醒过来的熊叫"出熊"，这个时候的熊，毛和指甲都长长了，能卖个好价钱。最重要的是，长时间没有进食，熊胆囊里充满了胆汁，价格堪比金子。这样的熊胆，绝对是最棒的猎物了。漫长的冬季终于结束了，春季的到来也标志着可以捕猎"出熊"了。猎人们像孩子一样按捺不住心中的喜悦与兴奋，朝着深山进发了。

"走到晚上，我和同伴打算进岩洞过夜。我们以前常在那儿过夜，可那天觉得不太对劲。"

刚要往岩洞里走，就感觉一股温暖的气息扑面而来。虽说已经是春天了，可周围三米深的积雪还都没化呢。太阳一下山，气温急剧下降，洞里却很温暖，而且还闪着微弱的光。

"是火！烧着火呢！是谁点燃了篝火啊？"

能容下四五个人的大岩洞，正中央燃烧着篝火，噼啪作响。几个人你看我我看你，完全不知道是怎么回事。

"是有人先来了吗？"

他们都知道那是不可能的，岩洞周围根本就没留下任何脚印。

来人是谁

很少有人知道，石川县也是盛行狩猎的地区。在石川县与岐阜县的交界处，绵延矗立着白山连峰，这里山野幽深，动物资源丰富，因而有不少人以狩猎为生。

在金泽当地还有不少猎人开的餐馆，他们将自己在山里捕获的猎物烹饪，供客人享用。接下来要说的故事就发生在石川县，主人公两年前开始捕猎。碍于种种原因，我需要隐去他的真名和住址。

他住在白山脚下，一座滑雪场的附近，经营着一家猎人西餐厅，也把自己捕获的熊和野猪等作为餐厅菜肴的主要食材。虽然他年纪不大，但是老猎手们都看好他，将他视作未来之星，给予了很高的期望。

"哎呀，××君真是一根筋啊，一根筋得让人佩服！"

一根筋地对熊穷追不舍，一根筋地寻找野猪的踪迹。对于一个猎手来说，"一根筋"是最高的褒奖了！

那是很早以前发生的事了，当时的他还不是猎人。不

过，他自小就喜欢大山，天生就像个山里汉子。他在山里
打零工，是一份修复白山连峰登山道的工作。初夏前后，
直升机会将机器、燃料、食物等一起运送到山上，工人们
则徒步走到工地。冬季下第一场雪之前，所有人必须撤
离，所以这个工作基本仅限于夏天。

九月中旬一过，山顶就已经非常冷了。那一年秋
天来得格外早，连着好多天都是雨夹雪这样的坏天气。

"因为天气不好，那年的工作提前结束了，比往年要
早一些。大家要先把工具收在避难小屋里，再根据天气情
况，用直升机运下山。"

避难小屋在山脊线附近，对于登山者来说是必不可
少的。他们三个男人扛着机器，冒着雨夹雪，好不容易
走到小屋。一个同伴伸手去开门，可是门怎么也推不动。

"怎么回事，门打不开啊！"

门没被冻住，就是关得特别严实，不管他们怎么又推
又踢，就是连一毫米的缝隙都不见打开。进不去的话可就
糟糕了。

"我们三个人真是豁出去了，搬来石头死命地敲打门
边，推开一条缝隙后，把身上带的铁棍塞进去，三人合力
才把门给撬开。好不容易进去了，关门又费了老大的劲。"

三个人进入小屋，总算是松了口气。放松下来，他们
着手准备饭食，其实就是碗面、饼干、点心之类的东西。

不过对这些大山里的汉子来说，算是相当开心的时刻了。吃完热乎手的饭，他们想再休息一会儿，外面风很大，好像还下着雨夹雪。

"今年夏天特别短，你们没觉得吗？"

这两三天他们都在重复这个话题，不过也没办法，在山里嘛。

"哎，你们听见什么声音了吗？"

他最先开口。

"什么？你听见什么了？"

其他两个人也竖起了耳朵，可他们只听见外面呼呼的风声和雨水敲打窗户的声音。

"什么都没听见啊！"

"是啊，什么都……"

这人刚要开口，突然不说了。

只听见外面"哗啦哗啦……哗啦哗啦"，风声里夹杂着铃声。

"是……铃铛吗，那个声音？"

"哗啦哗啦……哗啦哗啦……"

三个人都不说话了，静下来一起倾听那个声音。

"哗啦哗啦……哗啦哗啦……"

声音越来越近，他们突然意识到在哪儿听过这个声音。

"这个……不是那个吗？山里修行僧拿的手杖。"

是锡杖，僧人把手杖往地上一戳，上面的金属环就会哗啦哗啦地响。

"啊——没错！这就是修行僧的手杖。"

白山是山岳佛教自古就很盛行的修验道[1]之山，平常有很多信徒来此修行，所以有修行僧到此并不奇怪。

过了一会儿，那个声音在小屋门前停住了。三个人都感觉那人就站在门口，便一直盯着门看……

"哗啦哗啦……哗啦哗啦……"

"又开始走动了，声音围绕着小屋。"

他们感觉修行僧就在小屋周围转悠。

"是进不来吧。"

三个干惯了体力活儿的男人都费了九牛二虎之力才把门打开，那个修行僧肯定是打不开门才来回转悠的。

"我们把门打开吧。"

他提了建议，可是没人付诸行动。

"哗啦哗啦……"差不多围着小屋转了一圈，手杖的声音又停了。三个人屏住呼吸，屋内一片寂静。

"咚——"

1　日本传统禁欲主义中的一种，结合了汉传佛教和日本神道教的特点，曾在日本风靡一时。修验道的信徒被称为"修行僧"或者"山伏"，日语中的含义是"隐居在山里的人"，信徒在各座灵山严修苦行。

突然一声巨响震动了整个小屋，他们吓了一跳，又不约而同朝天花板看。

"跳……跳上去了？太厉害了吧，不愧是修行僧啊！"

他本来是想说句玩笑话，却发现自己的声音在发抖。

"哗啦哗啦、哗啦哗啦……哗啦哗啦、哗啦哗啦……"

手杖的声音是从屋顶上传来，修行僧又开始在房顶上转悠。不对，谁知道那是不是修行僧！

"屋顶上传来踱步的声音，我们都抬着头，眼睛追着那个声音转。过了一会儿，声音停了。大家终于松了口气，心想总算走了。"

就在这个时候……

"小屋的门——刚才我们三个人一起很费劲才打开——'吱呀'一声自己开了。"

门整个儿敞开了，大风裹挟着雨雪吹了进来。那个时候，谁也不敢睁开眼睛。他们双手合十，不自觉地念起了经：

"南无阿弥陀佛，南无阿弥陀佛……"

也不清楚过了多长时间，紧闭双眼的三个人听到门啪的一声关上了，风被挡在了外面。可是，谁都没有马上睁开眼睛。

还有一个人

这件事也是同一个人给我讲的，地点还是在白山连峰。这回他参加了加宽登山道的工作，故事就发生在进山干活的时候。

一天，中午刚过，不知怎么就突然变了天。雾从山谷中涌来，开始像薄纱，而后又像青烟，随着时间的推移越来越浓，将工人们团团围住。还不到三点，三十厘米开外的东西就已经看不见了。

"实在是太危险了，大伙儿决定马上收工。本打算简单收拾收拾就下山的，但是前面的路已经完全看不见了。"

于是，这五个工人列成一队，后面的人抓住前面人的背包，他们就打算用这种蜈蚣竞走的方式，相互扶持着慢慢往山下走。

"说实话，以当时的状况，不那样做的话真是寸步难行。一切准备就绪，我们正准备下山，班长说了句很奇怪的话：

"准备好了吧，路上不知道会遇上什么，总之不要慌。保持沉着冷静，绝对不要慌。我们肯定会没事的。"

他们当时不知道班长的话到底是什么意思。

四周被浓雾笼罩着，几乎什么都看不见。他们列成一队往前走，就连自己前面的人都看不太清，脚下的情况更是一无所知了，只能凭着对前面同伴的信任，小心翼翼地挪动着脚步。

"一二、一二……"

每个人都紧张得要死。

就在这时候……

"嘿——先等一下，好像有什么……东西在后面。"

走在最后的工友颤颤巍巍地说。

"好，停！注意不要往后看！"

班长的声音在浓雾里扩散开来，他在中间的位置，应该并不清楚后面发生了什么。

"好！我们先坐下吧！准备好，预备——蹲！"

大雾中的蜈蚣竟走暂时停了下来，他们坐在山路上休息。大家异常安静，没人说一句话。

"好！我们试着慢慢站起来，一二！"

大家都站了起来。

"怎么样，那东西还在吗？"

最后那个人静默片刻，说：

"嗯，好像还在……"

"是吗？那好，咱们再一起蹲下！"

这群男人又在浓雾中蹲下来。想象一下那个画面，还真有些古怪。可是对于当事人来说，可是性命攸关的事啊。

"再站起来的时候好像就没事了，然后我们一路顺利下了山。后来我问他们到底是怎么回事，据说那样的大雾天里常常会有一些东西跑出来。"

当时他们遇上的就是这种东西，走在最后面的人，背包好像突然被什么东西给揪住了。那种时候绝对不能往后看，也不能大声喊叫，只能待在原地安静地等一会儿。听说这样做，那东西自然就会走开。

"如果是不熟悉大山的人，遇到这种事，一定会变得惊慌失措，那样就很可能从山上摔下去，丧命都有可能。"

大家问班长，被揪住之后，要是回头看了会怎么样。

"这个嘛……可能是个很吓人的玩意儿……不过雾那么浓，也可能啥都看不见！"

好像有个看不见的东西在那儿呢。

路在前方

　　一般人对于大山和大海都会有一种"此去无路"的感觉。我们在地图上看到海角的末端，或是山路没有通达的地方，就会感觉已经到头了，不能再往前走了。其实那不过是对车子而言罢了。很久以前，人们在大山里可以自由行走，山脊线上的路最为便利，四通八达，可以媲美今天的高速路。大海就不用说了，船只可以自由航行嘛，在今天看来不太方便的半岛和岛屿都曾经是物资流通的重要据点。

　　无论遵循传统捕猎方式的山野猎人还是普通猎人，他们追逐猎物，自由自在地穿行于大山的每一个角落。没有人会比他们更了解当地大山，尽管如此，时常也会有一些老猎手迷失在那个不可思议的空间里出不来。

　　兵库县朝来市的吉井步就是一位成绩傲人的猎手，每次填写纳税人申报表时，都大大方方地在职业一栏中写入

"猎人"两个字。吉井的父亲也是一个猎手，他从小学起就经常随父亲一同进山打猎，做事老练且拥有极其丰富的实战经验。吉井给我讲过这样一个故事。

有一次，吉井和相熟的丹波猎人一起在县里的猎场组织围猎。他们放猎犬追赶猎物，可还是让它们逃出了埋伏好的包围圈。这也是常有的事，一般发生这种情况后，大家会立刻重新布阵，再次对猎物发起围剿。

"不过那次猎物是彻底跑掉了，没办法只能撤掉埋伏。大家接通对讲机，集体商量下一步该怎么办，最后决定即刻返回。"

正要出发，一个在山上待命的猎手说了句很奇怪的话。

"哎哟！这儿竟然有条路，从这边走可能比较近。我从这儿走了哈！"

大家通过对讲机听到了他说的话，吉井也听到了，他觉得有点儿不对劲。

"路？那个地方哪有什么路啊？"

其他同伴也纷纷表示怀疑。

"你说路，那儿有一条路吗？"

"嗯，有的，是一条笔直又漂亮的路。这条路绝对是个捷径。路是白色的，应该是新修的吧。"

大家听他这么说，都觉得蹊跷，那地方就不可能有一条笔直的大路。

"嘿！千万不要走那条路，那条路根本就不存在。你可不能走啊！喂！喂……"

对讲机突然断线了，没别的办法，只好各自下山前往集合地点。

"我说，那家伙还没回来吗？怎么回事啊？"

"是啊，都说的什么乱七八糟的，什么路啊，还白色的路？"

"我看是被狐狸给骗了吧！哈哈哈……"

一开始，大家还当笑话打趣，可是那人一直没有返回集合地点。等了差不多一个小时后，所有人都觉得不妙了。

"不会出什么事了吧，有点儿不对劲啊，这么长时间都没回来。"

"不知道啊，是不是在哪儿受了伤，动不了了？"

最后大家决定一起去找他，可是谁也不知道哪儿有一条白色的路。他们仔细观察周遭的地形，选择了一条最稳妥的路开始搜索……

"那条路，不知道怎么出现的。"

那人被大家发现的时候衣不蔽体，帽子也丢了，脸上还受了伤，全身上下都是泥。一看就知道他走进了荆棘密布的灌木丛，也不知道摔了多少个跟头！

"你跑到哪里去了？"

大家都一肚子气地责问他，可是那人却一脸恍惚地说：

"我也不知道啊！我为什么会在这里？"

* * *

事发两年后，大家又去同一个地方组织围猎。这次吉井被安排在山上的伏击点，就是当年发生"白色道路事件"的地方，不过吉井早就把那事忘得一干二净了。

"助手开始行动，追着猎物往山上赶。一头鹿进入了猎人的包围圈，后又逃脱了，最后只能解除围剿。"

大家决定先集合，再商量接下来该怎么办。吉井把子弹从枪里卸出来，做好了下山的准备，就在这个时候……

"我看到了一条路！"

他要下山的时候发现了一条崭新的大路。

"哇，我心想这里也有路了啊！漂亮，也够宽，开一辆皮卡都绰绰有余呢！路是白色的，我估计是最近刚建好的施工道路，便打算顺着这条路下山。"

走了两三步，吉井突然想起了两年前的事。

"一条笔直的白色道路……那时候同伴看见的不就是这条路吗？可不能走啊！"

还好吉井逃过了一劫，顺利地与伙伴们会合了。

* * *

我猜想吉井属于那种特殊体质，要不他怎么会有那么多不可思议的经历呢？

"一次从山里回来，很晚了，四周漆黑一片，我半路上看见一个小矮人。"

"小矮人？是《白雪公主》里出现的那种吗？"

"是啊，就是那种。"

这里说的是天黑之后吉井开车经过林间道时遇到的事。那条路蜿蜒曲折，七弯八拐的，而周围已经完全黑了。车子一个急转弯，路旁的景物被照亮了，此时吉井看到那里站着个什么东西。

"那是什么啊？我仔细瞧了瞧，原来是个小矮人，大约有五六十厘米高吧。他一动不动，死死地盯着我。"

我没多想就踩了刹车，坐在驾驶座上和小矮人对视。大概有几分钟，也有可能就几秒钟，小矮人好像玩腻了，"嗖——"的一下就消失在山林里了。

"见到这么稀罕的东西，我特别兴奋，可是竟然没有一个人相信我说的话。"

吉井遇到小矮人的事，大家听了都嘲笑他脑子有问题。他很沮丧，心想如果能给小矮人拍张照片，大家肯定就会相信了，所以他总会在副驾驶上放一部照相机。那之后很长的一段时间，吉井夜里走山路都平安无事。不过，机会还是来了。

"又一天晚上跑林间道，小家伙出现了！"

和上次一样，黑暗中车灯把小矮人照得清清楚楚，吉井按照计划把车子停下来，悄悄拿起副驾驶座上的照相机。就在他打开车门要下车的瞬间，小矮人"嗖——"的一下消失在山林里了。这让吉井懊悔不已。在那之后，吉井再也没有遇到这种神秘的小矮人了。

***

吉井对大山了如指掌，对山里的猎物也如数家珍，他能像疾风般跑遍整个山林，他就是大山的孩子。不过就算是吉井这样的大神，偶尔也会有让人意想不到的经历。

"有一次我去鸟取县那边狩猎，正好赶上当地举行'大海日'的节庆活动。"

为什么住在大山里的人要庆祝大海日？不过似乎

没人在意这个，大家照常进山打猎。这天吉井负责伏击猎物，埋伏地点是一片竹林。等所有人就位需要一些时间，他便先确认了一下山里的情况，并在脑子里反复模拟，推算猎物可能出现的位置……

"那天早上没有风，山里很平静。大家各自就位之后，没过一会儿就听到一些动静。"

最开始是咔嚓咔嚓的声音，应该是风吹竹子相互碰撞摩擦发出来的吧，并没有什么好奇怪的。

"那声音突然变得很大，'嘎啦嘎啦'的。我抬头看了看，竹子都在拼命地摇晃，就跟刮台风似的。本来以为一会儿就过去了，但真是大错特错，周围的气氛也变得很异常。我感觉不妙，于是拼命往竹林外面跑。"

吉井从像野兽般咆哮的竹林里冲了出来，又往前跑了几十米。他回头一看，不远处的竹林一片寂静。

"根本就没刮风，还和早上一样平静，竹林也一动不动，我完全搞不清楚状况了。"

吉井重新打起精神，他觉得刚才的一切不过是错觉或是心理作用罢了，便又重新回到了竹林里的指定位置。

"可是没过多久，我又听到了'嘎啦嘎啦'的声音，这声音好像是什么动物发出来的，遍布了竹林的每个角落。"

吉井确定这不是什么错觉和心理作用了,他又一次拼命跑出了竹林。跑了半天,当他回头看的时候,

"还是没有什么异常。刚才震耳欲聋的声音消失了,又变得一片寂静了。我心想不能再进去了。"

吉井吓傻了,坚决不再进竹林,就在外面等待猎物。

"后来我才听人说,大海日是不能进竹林的,看来还是有我不了解的规矩啊!"

响彻山谷的呼喊

四国一带的大山以险著称，最高峰石锤山海拔 1982米，尽管没有达到 2000 米，但连绵的山峦岩石裸露，极为艰险难攀。而先人们还能在岩壁上建造房子，开垦农田，这份执着真是让人钦佩啊！

高知县安云市从事柑橘种植的长野博光也是一位猎人，从小在大山里玩大的，下面这个故事就是他给我讲的。

"嗯——要说不可思议的事，那真是太多了，不过也是因为小时候什么都不懂吧。长大以后知道的东西多了，也就不觉得有什么稀奇了。"

长野小时候，每天都要和小伙伴们一起去山里玩儿。大家分成小组在大山里到处溜达。有时候还会吹口哨来确认彼此所在的位置，就是把左右手掌相对鼓成球形，嘴对着两个大拇指贴合的位置吹气。

"砰——砰——"

长野特意演示了是怎么吹的。

"听到这个声音，'啊，那边！'大伙儿就能知道彼此的方位了。"

小孩子既没有对讲机也没有手机，口哨是他们最重要的通讯方式了。

"不过呢，时不时也有些怪事发生。明明应该在那边，但是声音却从完全相反的方向传过来。正觉得奇怪呢，声又变换了位置从另个一方向传过来。"

山里的孩子经常会制造一些混乱，大家聚在一起就爱说自己又遇上什么不可思议的事了，也搞不清楚到底是谁捣的鬼。

"现在想起来，那声音应该是绿鸠鸟的叫声，我们把鸟叫声错听成了口哨声，所以才会觉得奇怪。"

* * *

有件事，长野现在说起来还会后背发凉，全身起鸡皮疙瘩。

"我经常一进山就忘了时间，回来晚是常事。走在昏暗的山间，那感觉真的不怎么好，每每都特别后悔为什么不早点儿回去呢，但也只能硬着头皮往外走。"

长野加快脚步往家里走，突然头顶传来一阵恐怖的呼喊声，响彻山谷。

"啊啊啊啊啊——"

那喊声实在太可怕了，就像凶杀案里被害人的尖叫，长野吓得腿都软了。

"那声音令人毛骨悚然，我一个人走在昏暗的山林里怕得要命，鸡皮疙瘩一下子起满了全身。"

"那到底是什么啊？"

"大概也是鸟叫，应该是一种常见的鸟。"

长野自己解释说是鸟叫声，但是他现在想起来还是会腿发软，会起鸡皮疙瘩。

"还有一件怪事。我在山里走着走着，忽然听见后面有声音。"

据说那声音听起来像是人的脚步声，就那样"哒哒哒——哒哒哒"一点点向长野靠近。

"我回过头看，结果什么都没有。这种事经常发生，搞不清楚到底是怎么回事。"

* * *

高知县大丰町的北窪博章经营着一家名为"大丰猪鹿工房"的店铺，他也给我讲过脚步声的事。

"我老婆的爷爷病重快要去世时，说想吃梅子干，让我带一些过去。"

北窪住在一个地势险要的陡坡，从他家出发，得登上一座更陡峭的山才能达到他老婆的娘家，也就是他要去送梅子干的地方。周围一片漆黑，仅凭灯笼那点儿微弱的光照亮脚下的路。这条路北窑经常走，所以没觉得害怕。可是……

"我觉得身后有什么声音，就是那种'嚓嚓嚓——嚓嚓嚓'一点点靠近的脚步声。我回头看，但是什么也没有。开始爬山时，那声音又出现了。于是我又转身举起灯笼看，还是什么都没瞧见。"

这到底是怎么回事？北窑有点儿慌了。不过，当下最重要的是赶紧把梅子干送过去，让爷爷能吃上最后一口。北窑加快了登山的脚步，很快便看见了亮着灯的房子。诡异的是那个脚步声一直跟着他，并没有消失。

"后来我快速回头，猛地把灯笼伸出去，结果看到一只狐狸。"

灯笼的光照见了一只狐狸，它正一动不动地盯着北窑看。北窑一边看着它，一边往后退，感觉离得够远了，才转身一溜烟跑去爷爷家。

"那狐狸肯定不怀好意，不知道在打什么算盘。"

我知道有的狐狸喜欢带腥味儿的东西，莫非这只狐狸喜欢吃梅子干？

我在这儿

　　说起四万十川，它是四国地区最长的河流，并作为"日本最后的清流"入围了平成名水百选。

　　河的最上游建有大坝，而干流中部并没有水库。正因为如此，咸淡水混合水域的鱼才有可能逆流而上至河道的深处。这是一条神奇的河流，因为没有过度开发，四万十川保留着很多原汁原味的自然风光，吸引着无数来自全国各地的游客。最近几年特别值得关注的是，越来越多的年轻人迁居到此，安家落户。

　　四万十川如蛇行一般，蜿蜒流淌在四国的大山之间，而一次大规模的降雨就能使河流水位急剧上涨到难以置信的地步。麻田良满不仅是四万十川上的专业河鱼渔民，还是一位闻名四国大山的老猎手，这里要讲的就是他的故事。

　　"说实话，这么多年来，还从来没有什么事会让我害怕。无论我半夜走进哪座大山，都没遇上过什么怪事。

我是听着各种各样的故事长大的，什么河童的故事啦，大山深处有一片草原，草原上有无头马之类的奔跑啦。大人们总喜欢给孩子讲恐怖故事，我觉得这样不好。"

麻田觉得就是因为小时候被灌输了太多神啊鬼啊的故事，成长过程中乃至长大后才会看到一些恐怖的东西。如果压根就不知道，也就不会有什么特别的感觉和联想了。

"鬼火不也是吗？那不过就是磷化物燃烧的现象。在四万十川，大雨过后有树木被冲下来，久而久之树会析出一些磷化物。这要是落在水里，不知道会有多少鬼火呢。"

麻田一开始说不相信那些不可思议的事情，但又迟疑了片刻，小声念叨：

"不过，要说还真有那么一件事，我至今都没想明白……"

* * *

那都是好多年前的事了。

夏天是四万十川游客最多也最热闹的季节，麻田经营着一家民宿，又要捕获香鱼，所以每年这段时间他都忙得不可开交。

那年夏天比往年都要热，很多人来四万十川避暑，在水上嬉戏游玩。其中有一群来自四国地区的大学生，他们一行人都是第一次来四万十川，一早起来就兴奋地准备各种烧烤器具，他们把在河里捉的香鱼放在炭火上烤，吃得津津有味，中午时分又喝起了冰镇啤酒。强烈的阳光像火一样炙烤着他们，再加上酒精的作用，他们的身体从内到外都是滚烫的。

"好！我们就从这里游到对面去吧！"

也不知道是谁提议的，反正大家都一个猛子扎进了河里。

这里是四万十川中部干流，有些位置的水深可达二十米，一般区域起码也有几米深，脚是根本不可能着地的。

他们感觉很爽！冰凉的河水给炙热的身体注射了一剂清凉。有几个人游了一会儿，觉得实在游不到对岸，就中途返回了。两个水性比较好的同伴则坚持继续游，很快，一个同伴先到了对岸。

"嘿！真棒啊！已经游过去了，那家伙是学校游泳队的吧。"

返回的几个人都站在岩石上观战。

"加油加油！马上就到了！"

"你说什么啊，明明还有一半呢！"

他们一边给还在游的同伴加油，一边喝着啤酒……

"哎哟，怎么不见了？"

话音未落，大家都朝河里看了过去，刚才还在奋力划水的同伴真的不见了踪影。

"消防员跑到我这儿来，让我帮着一起找。他们只知道学生沉水的大致区域，但是无法准确判断人可能会被冲到什么地方了。"

因此，他们找到对四万十川了如指掌的麻田，希望麻田能根据水流来判断出沉水学生的具体位置。

"在那边！"

麻田来到现场后，立刻就给出了答案，这让搜救队的人大为吃惊。不，其实麻田本人才是最吃惊的。

"我自己也不知道是怎么回事，就是感觉在那边，而且非常肯定。"

这并不是通过河流构造和水量等做出的判断，而是凭直觉说的。既然他这么说了，搜救队也不可能不下去找，大家都佩戴好水下呼吸器，组成小队开始了水下搜索。可是水太深了，没有找到人。尽管如此，麻田还是坚持说他就在那个位置。

"你认识这个大学生吗？他是你的客人吗？"

"不，我完全不认识这个人。"

"你是听见他的声音了吗？"

"没有，就是感觉他在那边。"

第二天，消防队继续搜索，但仍然没有找到。大家推测是不是被冲到下游去了，可麻田坚持就在那个地方。

"我提议不带装备再下去找找，消防员无奈，只得又下去找。"

找到了！

他们在一块嵌入河底的岩石的凹陷处发现了那个学生，他被卡住了。他之前应该是想等大家找他。

"大学生的尸体被打捞到我的船上，他全身泛白，被捞起的瞬间鼻子里还涌出鲜血，真是太可怜了。"

麻田怎么都想不明白这件事，为什么他能凭直觉准确判断出那个位置？

* * *

麻田从他爷爷那儿听说过水獭的故事，是爷爷夜里去捉香鱼发生的。他在漆黑的河边放下渔网来回拖动，可不知道为什么那天连鱼的影子都没见着。爷爷觉得奇怪，天时地利人和，为什么捉不到呢？他不甘心，想再试试……

"我爷爷沿着岸边走，突然听见前面'咚——'的一声，好像有人跳进水里了。"

大半夜的，不可能有人在那种地方游泳。爷爷提起灯笼朝发出声响的地方看去，却什么也没发现。

"什么都没看到。不过，爷爷发现了脚印，看起来很像是小孩儿留下的。他琢磨着那到底是什么。"

爷爷继续捕鱼，他在水里走动着，没过多久，又听见前面有"咚——咚"的声音。

"这肯定是水獭捣的鬼，它故意往水里跳，害得爷爷捉不到鱼。一般而言，这种事都是水獭干的。"

据说水獭在日本已经灭绝了，最后一次有人看到是1979年。早年间，人们都不喜欢水獭，因为它总在河里乱吃鱼搞破坏，简直就是渔民的天敌。就此，渔民还编出了不少故事。其实我们在动物园都见过水獭，它们入水时就是嗖的一下，特别安静，怎么可能发出"咚——"的一声呢？

像我前文中提到的，四万十川是一条神奇的河流，当然说它是"日本最后的清流"有些夸张了，但它的确充满魅力，让人心驰神往。而这条河也要了不少人的性命，每年都有那么几个人不幸溺亡于此，不过，这对于一条长达两百公里的河流来说不足为奇。

麻田从来都没经历过什么不可思议的事，我觉得并不是因为他是无所畏惧的男子汉，只是他和我一样并不会害怕而已。

一碗神秘的冒尖米饭

福岛县的南乡村（即现在的男会津町）是距离只见町[1]很近的一个深雪的山岳地带。月田次郎家祖祖辈辈都生活在这里，常年从事猎熊活动，大山里的事没有他不知道的。记得月田给我讲过这么一件事。

月田家有个农场，从他家一直走到进山的地方就是了。他平时在那里种种菜，还会像老师一样教给村里的孩子们各种自然知识，丰富他们的大山经验。有一天，他开着皮卡去农场，路上遇到一件怪事。

"哎呀，看到那些晦气的东西，真是让我毛骨悚然。"

月田看见的是一个大大的饭碗。

"饭碗就端端正正地摆在路边，像是谁供奉在那儿似的。米饭盛得满满的，都冒尖了。碗的边缘有个缺口。"

---

[1] 福岛县南部只见川上游，为深雪的山岳地带，又是山菜的宝库。

从南乡村的主干道进入山林道再往上走二十来分钟才能到这里，一般只有去山里干活的人才会经过。

"这一带原来有一个小型矿山，有不少人在此干活。矿关了之后，大家都搬走了，有人偶尔会回来看看。那碗饭所在的位置原来就是一户人家……"

说到原先的矿山，安全管理十分松懈，塌方或发水死人的事故屡见不鲜。下井干活的工人都是各地过来讨生活的，几乎都是外乡人。危险的工作环境和同为异乡人的落寞，让矿工们成了患难与共的好兄弟。也许是忘不了那段日子吧，有些人偶尔会和家人回来看看。

"不过，那都是很早以前的事了，现在已经没人来了，年轻一辈人谁还会往这儿跑啊。"

对于那些没在这里居住过的子孙后代来说，这不过就是一座普通的大山，和自己的生活扯不上半点关系。可那碗像供品一样的冒尖米饭又怎么解释呢？这让月田感到一种莫名的恐惧。

"每次经过那里，我都尽量移开视线不让自己看。"

说是不看，但它还是会不经意地出现在视线范围之内。差不多过了三天，那碗饭不见了。

"我猜是有人给打扫了，心里总算是松了口气。"

可是……

"农场背后的山上，有一个地方种着几棵青森冷杉树。

我走到那儿时吓得一哆嗦，腿都软了。"

月田又看见了那个饭碗，跟之前一样，像供品一样端端正正地摆在冷杉树的树根旁。不同的是，原本冒尖的米饭一粒都不剩了。

"我不知道是怎么回事，感觉这东西好像是被诅咒了。"

想想那画面也真是够恐怖的。在幽暗的山林道边有一只盛满了米饭的碗，消失后，又出现在自己眼前。

"这件事我一开始怎么都想不明白，后来知道了，是狐狸捣的鬼。"

说到狐狸，我又想起那些在秋田县阿仁地区听的故事了，不过月田的解释和其他人都不太一样。

"狐狸这东西，最喜欢拿着东西到处走了。这附近的山里有一个洞，一次上山我看见有只狐狸在里面。"

那只狐狸发现月田上来了，就从洞里蹿了出来，一溜烟儿跑进山了。月田往山洞里瞄了一眼，看见有个很长的东西。拿出来一看，是貂的尸体，喉咙位置还留着狐狸撕咬的痕迹。

"不光有貂的尸体，我往里面看，还发现一个南瓜。山洞里温度低又干燥，估计是放在那里保存吧。当然我也不知道狐狸是不是真的有这个智慧啦。"

这么一说又觉得狐狸相当机智，从地里顺手牵羊了一个大南瓜，还知道放在山洞里保鲜。所以，月田觉得神秘的饭碗也是狐狸弄的。这似乎也能说通。

可是……

南瓜这个东西可以滚，盛得冒尖的饭碗就不一样了，别说滚了，斜着放都不行。而狐狸是怎么把米饭从三公里外的村子运到山林道上的呢？要保证不掉出来，要把碗端端正正地摆在冷杉树下面？那里距山林道也有将近两公里呢。还是觉得不可思议啊。

＊＊＊

月田的朋友在田里干活儿的时候也碰上过一件怪事。

"我那朋友在田里休息的时候，突然一只兔子跳了过来。"

月田的朋友把蓑衣垫在底下，坐在田埂上休息。他盘腿坐着，突然，一只兔子跳到他两腿之间蹲下了。朋友自然是吓了一跳，这怎么就跟童谣《守株待兔》里唱的一模一样呢？歌儿里唱道："有一天在农场忙忙碌碌干着农活，突然一只兔子跳了过来……"

"这到底是怎么回事啊，他朝四周看了看，又吓了一大跳。"

他面前两米左右的地方有一条蛇，那可不是普通的蛇，它高高地抬起镰刀脖，越过足有五六十厘米高的野草，正直勾勾地盯着月田的朋友。朋友被蛇巨大的身躯和奇异的眼神吓得浑身发抖，哪里还顾得上那只过来避难的兔子啊，一阵风似的逃回了家。

"他说是拉着拖车拼命逃回家的，可一到家才发现，垫在地上的蓑衣忘记拿了。"

蓑衣不能不要，但是他又实在不想回到那地方去了。于是……

"他让母亲帮他把忘在地里的蓑衣给取了回来。"

当然，他可没敢说自己见到蛇的事。

* * *

巨蛇的故事，我在阿仁地区也经常听说。山里的故事基本上大同小异，我很好奇，月田有没有在山里听见过谜一样的声音……

"声音？我没听到过。"

"是吗？我在阿仁那边听说有狸猫在树林里模仿电锯砍树的声音。"

"啊，狸猫……那次估计也是狸猫吧。"

那就是两年前的事，2011 年发生核泄漏事故之后，福岛县各个地区都在频繁地进行放射性物质的探测。那天，森林管理署（原营林署）和地方政府的人又来了，月田陪他们进山，在不同的位置进行测试。

"嗯？有人在砍树？"

"砍树？啊——真的有电锯的声音。"

"这附近有人在干活吗？"

月田觉得附近有人在砍树，但所见的都是森林管理署的人，当时就觉得不太对劲。

"可是，今天附近没有人干活儿啊。"

"那这是什么声音啊？"

"那个……确实是电锯的声音，可是……"

最后也没搞清楚为什么会有电锯的声音。月田一直记着这件事，听我说起阿仁狸猫的故事，谜题好像才终于解开。

* * *

大山里那些不可思议的故事，有一些让人心里暖暖的，充满了人情味儿。接下来讲的故事是月田带上小学的儿子进山时发生的。

"我儿子每天都练习打垒球，体力还算不错。我带他进山，是想看看他能走多远。没想到还挺能走，便带他去深山里采獐子菇了。"

月田和儿子采完獐子菇，又去了另一个地方。那是杉树林下面的一块平地，以前是个桑树园。在月田小的时候，去那里采桑叶是一项非常重要的工作。时过境迁，山坡上的杉树长高长大了，而桑树园却荒废了，他想让儿子看看。月田一边走一边给儿子讲自己小时候和父亲一起在山里都做过些什么。说着说着，突然感觉有些不对劲。

"我觉得我不是我自己了，不是，这个很难解释清楚，就是感觉真正的自己走在我身后。"

月田和儿子两个人走在山路上，他突然感觉走在前面的身体不是自己的了，那自己去哪儿了呢？

"在后面，我能感觉到，走在后面的才是真正的自己。回过头看的话，应该不是我儿子，而是我自己。"

月田没有回头，如果回头的话他应该能看到自己，就是那个与儿子年龄相仿的自己。

"这件事我一直都想不明白，为什么当时会有那种感觉……可能那时候身体感觉到了我父亲的存在。走在前面的我变成了当年的父亲，而身后的儿子变成了小时候的我。周围的景色也不一样了，好像是小时候的树林和桑树园。我想可能是父亲来看我了吧。"

月田之前从来没有过那种感觉，可能是因为太想念小时候的大山，想念去世的父亲，才唤醒了曾经的记忆吧。

群山里蠢蠢欲动的东西

山形县南边有饭丰连峰，北边是朝日连峰。南北都有保留着阿仁猎户文化的村落，分别是小国町的小玉川地区和鹤岗市的旧朝日村地区。

小玉川地区的前田俊治两年前从大城市返回家乡，在地区的山野猎户交流馆等机构工作。前田的父亲曾经是地区名片一样的知名猎人。

"真的没有人能比我父亲更了解这里的大山了，可我不记得听他讲过什么不可思议的故事……我奶奶是民间故事的传承人，还出过书呢，可惜那些我也记不太清了。"

前田似乎没有什么特别的经历要讲给我听，于是我和他聊起了阿仁地区狐狸的故事。

"啊，狐狸啊，那东西确实会发光。我家前面是学校操场，半夜经常有狐狸出没，虽然很黑，但是能看到一些光亮。那就是吧。"

＊＊＊

如今代表小国町的老猎手藤田荣一也给我讲过狐狸的故事。

"总听说被狐狸骗了脱光衣服跑进池塘里、鱼被偷了之类的故事。我倒是没遇上过这种事，不过，在玉川新田那边碰上过丢孩子的事。"

玉川发源于饭丰连峰，而小国町的各个村落都分布在玉川沿岸。藤田住的村子下游就是新田地区，故事发生在半个多世纪以前。

那天，一个父亲从山里干活儿回来，发现自家附近围了很多人。他赶忙上前询问，才知道自己四岁的女儿不见了。母亲下地干活，女儿原本就在她旁边玩，可是突然就不见了。

"不会走太远的，趁天亮赶紧找吧！"

大家把伤心欲绝的母亲留在家里，全村人都去找孩子，可是……

"怎么找也找不到，按照女孩走失的时间来看，她应该还在附近，除非是被河水冲走了。"

时间一分一秒地过去，大家都想到了最坏的结果。天黑了，整个村子都笼罩在一片痛苦、压抑的气氛当中。

"后来，在河附近搜索的同伴找到了小女孩。如果不说的话，绝对没人知道是在哪儿找到她的。"

小女孩在河对面的森林里。而去那里必须过一座独木桥，这对成年人来说都是个不小的难关，一个路都走不稳当的小女孩是怎么一个人过去的呢？这实在让人想不通。村里人也都议论纷纷。

"啊啊，肯定是狐狸带过去的吧。"

* * *

在河的上游地区，差不多同一时期也发生了同样的事。有个小女孩，和新田地区走失的孩子差不多大，经常说一些奇怪的话。

"我后面跟着一只狐狸。"

这句话几乎成了小女孩的口头禅。父母每天都很忙，小女孩常常感到孤单。

一天孩子突然不见了，整个村子都乱了，大家组织去搜山，可就是不见她的踪影。

"后来只能去向法印大和尚求助，请他帮忙算算小女孩所在的位置。"

这里说的法印大和尚是指修验道的修行僧。法印掐指念咒，算出了小女孩的去向。

"大伙儿按照法印大和尚的指点，去水边找。又根据大和尚描述的特征缩小了搜索范围，果然找到了小女孩。"

村里人发现小女孩的时候，她站在幽暗的森林河道当中，脸上看不到一丝恐惧。父母经常不在家，孩子会很孤单。村里人都觉得狐狸就喜欢找这样的小孩儿下手，说起来这都是五十多年前的事了。

* * *

藤田还记得父亲曾给他讲过一个不可思议的故事。

"听说很久以前，一些朝日村的猎人到这里来打猎，故事就发生在这些人当中。"

有个叫三太的男人，他和几个同伴去小国町的山里猎熊。他们搭了临时的小屋，准备先花几天时间去山里踩点。一天三太说他头痛，一个人留在小屋里没出去。

"其实他一个人去了之前大家一起发现的熊洞，想独占猎物。那洞里果然有熊，三太把它打死了。"

熊的体积太大了，三太想把它从洞里弄出去，可一个人实在是力不从心。而且他是装病的，必须要在同伴们返回前回到小屋。无奈，他只好先放弃。三太离开熊洞返回小屋，等待伙伴们归来。第二天三太又说自己头疼肚子疼，一个人留在了小屋。伙伴们刚进山没多久，他就离开小屋去了那个熊洞。

"他取了熊胆，琢磨要赶紧离开小屋返回村子，这样就可以独占了。"

三太离开小屋，走在回村子的路上……

"三太，等等！"

后面有人大声叫他。三太吓了一跳，可是回头一看根本没人。他猜想肯定是同伴们追上来了，紧张得直打哆嗦。可又觉得是自己听岔了，于是继续赶路。

"三太，等等！"

又听到有人叫自己的名字，他吓得停住了脚步。

"他意识到肯定是山里的山神发怒了，自己不应该独吞猎物，于是返回小屋向朋友们表示了歉意。"

这和民间故事差不多。

＊＊＊

下面说一个发生在小国町小玉川上最有名的狐狸故事。

有个人进山采紫萁，到了傍晚还没回来。村里人担心就去山里找，结果很快就在离村子没多远的地方找到了。

"那地方堆了一堆树叶，他好像把树叶当成被褥准备睡觉了。"

故事听到这儿，我以为那人是被狐狸骗了，以为自己在什么人家里，正要钻被窝睡觉。

"不是那样的，他说自己莫名其妙地迷路了，想着一时半会儿回不了家，干脆在野地里凑合一宿，所以才找来了一堆树叶。其实他离村子很近，横竖还是被狐狸骗了。"

鹤岗市朝日地区

从小国町出发到达日本海，继续往北走，进山就能找到旧朝日村。这里三面深山环绕，对于山野猎人来说又是一处不可多得的宝地。村子深处有个大水池，是神秘的巨大鱼类泷太郎的发现地和栖息地。故事是村里的一名老猎手工藤朝男给我讲的。

"狐火？我见过啊！小时候在庄稼地里看到的，大概有排球那么大吧，一共四五个，飞在半空中。外婆告诉我'那就是狐火'。后来我发现那可能不是狐狸，因为这一带还有种会骗人的山猫。"

山猫就是我们常说的狸猫。听工藤说，他捉到过一只，本以为断气了，正准备扒皮，却突然跳起来逃跑了。

"这就是常说的狸猫假死吧。"

"对，应该就是假死。可有狸猫都已经被扒皮了，还会突然跳起来拼命逃跑。村里人都管这叫'伪装山猫'或'骗子山猫'。"

扒了皮跑回山里的动物，那样子想想都觉得瘆人。

＊　＊　＊

"还有被狐狸附体的熊！"

"是狐狸的魂魄附在熊身上了吗？"

"被狐狸附体的熊"说的是一种很特别的熊。猎人发现熊后追上去，却怎么也逮不住。觉得能打着又打不着，就差那么一点儿。只能一直追一直追，最后还是让它给跑了。曾经有几个猎人穷追不舍好几天，最后终于把熊逼得无处可逃了。可就在枪口对准熊的瞬间，它却突然消失了，就如同被吸进了幽暗的森林深处……

"偶尔会遇上这种熊，无论如何都抓不到，这就是所谓被狐狸附体的熊。"

发生这种怪事，也不知道是熊被狐狸附体了，还是猎人被狐狸附体了？

＊　＊　＊

我还向工藤问起蛇的故事。

"蛇？我就记得附近有个老大爷，捉了一条两米多长的大蛇拖回家来，倒也没听说遭了什么报应。对了，你知道蛇能发出很大的叫声吗？"

这到底是怎么一回事？

"有个叫鳅泽的地方，那里有条很大的蛇。那家伙会发出很大的声音，就跟人打呼噜似的。"

之前好像在哪儿听说过蛇会发出"呼噜呼噜"的叫声，应该和工藤说的是一回事吧。

*　*　*

猎户民宿朝日屋的老板娘给我讲过山里不可思议的轰鸣声。

"大山有时会发出可怕的巨响，连林子里的大树都被震得直摇晃。那可不是刮风，一丝风都没有！"

听说没风的时候，山里的大树也会使劲摇晃，发出巨大的响声。那情景怪让人害怕的，到底出了什么事呢？结果没一会儿就传来附近村子着火的消息。大山发出不可思议的响声，应该是带有某种预兆吧。

*　*　*

明明没有风，可是竹林却发出"嘎啦嘎啦"的声响，这事朝来市的猎人吉井也和我说过。大山就像是变成了一头猛兽，时不时就要想法子折腾折腾。

"树龄两三百年的那种老树，被砍倒的时候也会刮大风。"

工藤所说的风可不是大树倒地时发出的巨响和扬起的尘土,而是大树"咚——"的一声倒地之后,从树根部陡然起的一阵风,据说相当猛烈。

"不注意的话可就太危险了,会被吹跑的!"

在陡峭的山坡上,那种能让身体打晃的大风吹过来,确实很危险。我觉得工藤说的这种风应该和山坡上刮起的阵风不大一样。

"哎呀,不是你想得那么简单!那是阵邪风,从大树被砍断的位置猛地吹出来,我估计多半是砍掉老树的报应。"

* * *

结尾再说一个朝日地区最广为人知的狐狸故事。

"村子发生过这种事,经验丰富的老猎手突然不见了。"

那是一个三九天的傍晚,一清早就出发去打野兔的几个猎人,手里提着几只野兔高高兴兴地回村了。

"我说今天可真过瘾!"

"是啊,我看那地儿半天都没动静,就知道有戏!"

他们脱掉脚上的雪橇,准备去晚上开派对的朋友家。就在这时候,一个猎人惊呼:

"哎呀，等一下。我好像把无线电落在山里了，真是糟糕！"

"你是说对讲机吗？"

"嗯。"

"你最后用它是在哪儿？瀑布下面吗？"

"啊，应该就是那儿，我去找，你们先走吧！"

说着，这人又穿上雪橇返回山里。可是，派对开到最后都没见他回来。

第二天，隔壁村的猎人们过来帮忙，大伙儿一起进山进行了一次大规模的搜索，但没有发现同伴的踪影。后来又动用了直升机，连续搜索了好多天，终是一无所获。

"天气糟透了，一晚上的积雪就达到了六十厘米。雪这么大，我们完全束手无策……"

那年雪下得出奇的大，搜救行动无法继续。大伙儿只好商量决定，等雪化了再说。五月份，树枝上开始零零星星冒出了新芽，他终于被找到了。

"其实就在我们村子边儿上，特别近。"

谁都没想到，他竟然就在附近。被发现的时候，他背着背包扛着枪，似乎是在等着大家……遗体被送回家之后，据说他妻子向人打听："看见兔子了吗？我听说他把兔子塞进背包了。"

妻子听朋友们说，他打了一只兔子放在背包里，她想证实一下。

"可是，那人的背包里并没有兔子，妻子知道之后就觉得这事是狐狸捣的鬼。"

狐狸盯上了背包里的兔子，施法让猎人迷了路，不巧的是，又赶上坏天气。妻子早就有了最坏的思想准备。可是无论如何也想不到，精明强干的老猎手会在离村子那么近的地方遇难。不光是他的妻子，村里所有人都无法接受。

"唉……兔子也有可能是被貂或黄鼠狼偷走了。那天的天气确实不太好，可事情就发生在村子旁边，这让人接受不了啊！"

这差不多是十年前的事了。

出羽三山

　　从朝日村出发往北走，能够到达羽黑山、汤殿山和月山，这就是人们常说的"出羽三山"。自古以来，出羽三山就是山岳佛教兴盛的修验道之山。此外，这里对于猎人们来说也是非常重要的狩猎场所之一。

　　鹤岗市猎友会朝日分会的伊藤一雄，据说从来没在山里遇到过不可思议的事。

　　"狐狸的故事我确实听说过不少，什么被骗得脱光了衣服在山里乱转之类的，不过我自己确实从来没有过类似的经历。"

　　"你们这儿进山有什么东西是不能带的吗？我在阿仁那边听说，他们进山不能带油炸食物。"

　　"好像没有规定不能带什么东西吧……说起炸豆腐，一般是拿来供奉稻荷大神的。"

　　在稻荷神社里供奉油炸豆腐，这在城里早已司空见惯。

"和你们的情况不太一样，猎人上供是为了让稻荷大神保佑他们在山里不被狐狸骗、不迷路。"

在日本随处可见的稻荷神社，原本只是一些人用来祈祷买卖兴隆的小祠堂。狐狸是稻荷大神的随从，所以它才会经常和红色鸟居同时出现，但它本身并不是什么神仙。大家供上一些狐狸喜欢的油炸豆腐，只是想拜托狐狸向稻荷大神转达自己的问候罢了。在这里，村民是为了不在山里被狐狸骗，才给大神上供，合掌祈祷。这么有意思的事，我还是第一次听说。

*　*　*

出羽三山周边有不少实现了即身成佛[1]的人，端坐于大日坊龙水寺的真如海上就是其中之一。一天，我去拜访了住在寺院隔壁的远藤忠征。远藤是土生土长的山里人，他家祖祖辈辈都在出羽三山以烧制木炭和狩猎为生。

"我确实见过狐火。你是说排球吗？差不多是有那么大，我好几次都见到它横穿树林。也说不定是我眼睛花

1　认为人不需多事修行，以现在的色身即可成佛的观点，为真言宗所重视的思想。

了，只是山鸟¹或是其他什么在飞罢了。我常常也会莫名其妙地听见说话声。"

有一次，已经在射击位置埋伏好的远藤，全神贯注地等待猎物进包围圈，突然，他听见身后有人说话。这个狩猎场地势险峻，不是一般人轻易进得来的。可是远藤又听得很真切，他心里犯嘀咕就回头看了看，自然是没有人的。于是他打起精神继续等待猎物……

"然而我又听见了那说话声，仍然是从身后传过来的。仔细听，时不时还夹杂着笑声。一会儿是喊叫声，一会儿又像是在叫谁的名字。猎人在山里经常会遇到类似的情况。"

要说这大山，还真是热闹啊！

"老话说不能对狐狸开枪。听说有人杀了一只狐狸，一路拖着它回家，凡是他经过的地方，房子全都失火了。在温海町一带，以及我们村上方的田麦俣，也都发生过类似的事情。所以说狐狸是不能射杀的。"

***

田麦俣是位于六十里大道的古代驿站，地处山间，因

---

1 这里指的是铜长尾雉。栖于山林的雉科鸟，雄性全身为红褐色。

多层民居这一特色广为人知。一天晚上，有人在六十里大道看见一列行进中的亮着光的队伍。

这个时间是不应该有队列经过的，村里人都跑出来看热闹。可是过了老半天，那支队列都没有要靠近的意思。这就奇怪了，大家便怀疑这亮光是狐火，后来队列消失了。据说回家之后，村民们发现家里的食物几乎都被偷光了。果然又是狐狸捣的鬼啊！

鹰匠 [1] 的遭遇

二十多年前，借着为杂志搜集素材的机会我结识了鹰匠松原英俊。他是从横滨移居到田麦俣的，每天都要在大山里四处奔走。

这是松原的故事。

"狐狸的故事我听得多了，倒也不觉得有什么稀奇。这世上所有的事，肯定都能找到一个合理的解释，所谓的狐火不就是萤火虫吗？"

松原胆子很大，一个人在大山里露营，就算住在漆黑的废屋里也一点儿都不害怕。在我这种缺乏胆量的人看来，他简直就是特殊材料制成的。总之，他就是那种在山里发现了上吊的尸首，也能冷静地在附近寻找死者身份证明的人。

---

1 饲养、训练、利用鹰狩猎的人。在日本江户时代，曾侍奉幕府将军和诸侯。

"那些神啊鬼啊的我一概不信，所以说起那些事情不会害怕。其实我在山里经常遇到一些不寻常的事，不过之后都能找到答案。你不是说在山里听到有人说话吗？我也听见过。那是移动商贩的大喇叭。村里的广播通知从山下各个不同的地方传来，听起来就好像是附近的什么地方发出的。压根儿就没有什么不可思议的事，全都能解释清楚。"

＊ ＊ ＊

松原身为一名鹰匠，已经在田麦俣生活了二十多年，一个人进山，是家常便饭。有一次他带了儿子一起进山。

"我在山里发现了一个角鹰的鹰巢，想带儿子去看看。那是一棵长在悬崖上的大杉树，鹰巢就在那棵树上。"

父子俩用登山绳固定，倚靠在悬崖上观察角鹰巢。很快天色暗了下来，脚下本来就不稳，天一黑移动起来就更不安全了。于是两人急忙下山，没想到天迅速黑了下来，还在悬崖中间的时候就已经什么都看不见了。他们拿出手电，可小小的光被漆黑的森林稀释了，只能看见一小块岩壁和附近的杂草，情况真是糟透了。

"我冲上面的儿子说：'你行吗？千万别掉下去啊！从这儿摔下去可不是开玩笑的，千万别撒手！'话刚说出口就听见'啊——'的一声。"

松原赶紧叫儿子，没有回音。他用手电照，什么都看不到。他不敢多想，又朝着脚下的黑暗呼喊，还是没有回音。

"我心想儿子肯定是掉下去了，这下可坏了。"

他当即将三十米的登山绳对折，战战兢兢地往崖底下降，最后勉强撑到了底部，可是下面伸手不见五指，他完全不清楚自己在什么地方。要真从那么高的地方摔下来，肯定伤得不轻，松原心急如焚，想快点找到儿子。

"我怎么叫都没有回音，也不知道他到底在哪儿，真是一点儿办法也没有！"

松原观察周围的情况，发现前面缓坡上的草丛里闪着些许光亮。

"我知道儿子也带了一个手电，心想那会不会就是他呢？"

果然，松原的儿子就躺在那片有光的地方。他摔得头破血流，前牙断了好几颗，手臂好像也骨折了，只有腿看起来没事。松原本来想扶着他走下山，结果不行，只好叫救援，拜托消防团用担架抬下去。

"后来我问我儿子，你是不是用手电了？"

儿子说没有。当时那种状况他的确不可能自己打开手电，那么那束光是怎么回事呢？

"我这么一说，多数人都感觉是什么东西在保佑受伤的孩子。其实不是，那就是萤火虫发出的光亮，我发现儿子的时候，周围有很多萤火虫。"

萤火虫的光和手电的光完全不同，就算那会儿周围真的有很多萤火虫，松原又怎么确定儿子在哪片光下面呢？我觉得松原自己也没想明白。

* * *

松原也是登山爱好者，经常挑战各地的大山。为了省钱，他一般都不会住山地小屋 [1]，露营或是荒废的房舍才是备选。

"很早以前我去北关东边登山，发现一座废弃的老别墅，里面什么都没有，后来就经常住那儿。"

松原又一次去了那间废弃别墅，想推门进去，却发现门打不开了。

"我觉得很奇怪，仔细一看，门上了锁，估计是房主不想让人随便进去吧。"

松原是计划在这里过夜的，便绕着别墅转了转，看看有没有其他能进去的地方。他发现有扇窗子是开着的。

---

1 登山者用于寄宿、休息、避难的小屋。

"我想这下好了，就从那窗户进了屋，在最里面的一个房间铺上睡袋。那会儿天已经黑了，我点上蜡烛钻进睡袋开始看书。"

也不知道是几点，松原听到一些动静，便放下书四处张望，发现声音是从门口方向传过来的。

"踢踏，踢踏，踢踏……"

"听上去像是脚步声，我想这下糟了……"

"为什么糟了？"

"我不是擅自跑到人家家里住宿了吗，万一告我一个非法闯入怎么办？经常有这种情况。大门不是上了锁吗，所以肯定是管理员过来检查了。"

"踢踏，踢踏，踢踏……"

脚步声离松原待的最里间越来越近了，他吹灭了蜡烛，一边想着被发现之后如何开脱，一边紧张得一动都不敢动……

"没想到那脚步声到了门口却没有进来，直接原路返回了，我这才松了一口气。碰上这种事，那些胆小的人肯定会说自己遇见了妖怪，然后传来传去就成了怪谈。"

确实有松原说的这种可能性，不过在那样一个万籁俱寂的夜里，没发出任何响动就把锁打开了，然后又无声无息地把门锁上了，真的有人能做到吗？还有，大半夜的管理员特意跑过来确认什么呢？反正我是有点儿想不通。

* * *

虽说松原从来不会害怕，并且说所有不可思议的事都能找到合理的解释，但是据说他也有搞不清楚的事情。

"在大山里听到的各种有趣的声音，差不多都是动物发出来的。要说狸猫和松鸦的模仿能力真的很强。如果在山里听到婴儿的哭声，那可能是松鸦。你说砍树的声音吗？狸猫应该能学得很像。这些都不稀奇，只有那么一次我听到了一种无法分辨的声音。"

那次松原和平时一样独自进山，有个声音让他停住了脚步。那是一种他从来都没听过的不可思议的响声，既不是动物的叫声，也不是工人干活儿的声音。那声音不属于动物，不属于人类，也不是某种自然现象。那是他之前从未感受过的一种奇妙之音。

"我没办法形容，但真的是很奇妙。"

一个通晓大山的人竟然发现了一种完全无法解释的声音。为了搞清楚那到底是什么，松原还钻进了灌木丛。

"我朝着发出声音的方向靠近，但好像做不到，那声音无法靠近。我觉得很奇怪，就四处寻找，但是那声音越来越小，最后就听不见了。"

最终松原也没找到这种奇妙之音的源头。

* * *

松原的朋友里有个特别了解大山的人，和松原正相反，他那些稀奇古怪的经历多得都说不完。

"也不知道为什么他总能看到妖怪之类的，我就觉得那些事根本不可能发生。"

松原总对他朋友的经历表示不解，现在我就讲两个给大家听听。

一次，他朋友和几个哥们儿商量好了要去河堤上钓鱼。那天天气不错，也不刮风。

几个人心情大好，把渔线往河里一甩就不管了，然后坐在堤坝上享受和煦的阳光，别提多悠闲了。突然他感觉变天了，不是天暗下来，也不是有冷风从森林里刮过来，反正莫名其妙地打寒战。他以为自己要感冒了，但发现周围的朋友全都一副古怪的表情。

"不太对劲啊，我怎么感觉很不舒服呢！"

"嗯，是感觉有点儿怪怪的，这是……"

不知道是怎么回事，但在场所有人都感觉自己被某种神秘的气场控制了。

"嘿！你们看那边！"

突然有人大喊了一句。大伙儿朝他指的方向看过去，发现河对面有什么东西正一点一点朝他们这边靠近。

"那是什么啊……"

几个人全都吓傻了。渐渐地，他们看清了那东西的模样，原来是个女人。那女人瞪着眼睛张着嘴，一边晃着脑袋一边气喘吁吁地朝这边走了过来。

所有的人都尖叫着四散逃开了。

* * *

刚才说的是好几个人一起经历的，他一个人的时候也遇到过各种怪事。

一次他作为野生鸟类观察员去大山里考察，在森林里寻找野生鸟类踪迹的时候，听到了一些声音。

"咔嚓，咔嚓。"

他的第一反应是动物！起初他担心附近有熊出没，仔细一听，又觉得那是人的脚步声。那地方倒是谁都可以去，他就遇到过摘野菜的人。

"咔嚓，咔嚓。"

他清楚地听到人在草丛里行走的声音，但没看见人影。

"真是怪了，应该就在附近才对啊！"

他一直盯着声音发出的方向，可是什么也没有看到。从脚步声判断那应该是个成年人，而且就在草丛里。"咔嚓，咔嚓"的脚步声越来越近，这让他很紧张，以至于站在那儿一动都不敢动。但那声音逼近他后，又走远了。听着渐渐远去的脚步声，他才意识到自己出了一身冷汗。

　　"我觉得根本没那种事，多半就是动物的脚步声。可是他却坚持说：'不，绝对是人的！'"

　　说实话，对于松原强大的内心，我还真是有点儿羡慕。

奈良县山区·吉野町

公元 794 年桓武天皇迁都京都之后，奈良作为南都仍是一个相当繁荣的地区。南北朝时期，后醍醐天皇在吉野町建立了南朝，这是一个狩猎极为盛行的地区。吉野町猎友会的会长下中章义，在吉野山的主干道上经营一家店铺。

"你是说不可思议的事吗？我没怎么听说过……大部分都是自己吓唬自己吧，把一些乱七八糟的东西看成妖怪了。"

下中说自己从来没在山里遇到过什么吓人的不可思议的事，估计他和阿仁的佐藤正一、四万十川的麻田满良属于同一种体质。

"胆小的人可能更容易看到各种古怪的东西，其实狗也一样。我以前带狗去打猎，有时候它就会突然汪汪地狂叫起来。"

一次在昏暗的森林里，下中的狗对着什么东西狂吠不止。他想是不是有什么动物出没，但是看它一边吓得往后退一边狂叫的架势又不太像。

"我想弄清到底是怎么回事，就仔细看了看，好像是有个黑色的人影在树林里晃，感觉阴森森的。"

下中小心翼翼地从山坡上走下去，慢慢朝那个东西靠近。

"你猜是什么，就是一件黑色的雨披。估计是山里干活儿的工人忘记拿了，结果就那么一直挂着。虽然只是一件雨披，但没准有人会把它看成幽灵之类的东西，狗一直叫不也是因为这个原因嘛！"

不过，下中偶尔也会被那种不可思议的感觉控制。

"有时候大白天心里会忽然空落落的，特别凄凉，是种无法形容的感受。就是在山里啊！我当时还奇怪是怎么回事呢，后来想起来，曾经有一对男女在那个地方殉情。我并不相信有灵魂之类的东西，可能就是知道有这么个事，内心才会生出那种感觉吧。"

可是，下中当时并没有想起来那就是殉情的地方啊！他不是说回家后仔细琢磨了半天才把前因后果想明白的吗？

＊＊＊

"我父亲遇到过一件怪事。"

正值狩猎期，下中的父亲带着狗和同伴们一起进山围猎。父亲负责将猎物轰赶进包围圈。在行动之前，他发现山上有个东西，看起来不太对劲。

"那是什么啊……"

那东西就在不远处阔叶林的山坡上，父亲看到之后有种不祥的感觉，不由得脱离了队伍，往那个方向走去。距离那东西还有几米的时候，他突然停住了脚步。

"哎呀！那是什么啊？还活着吗？嘿！嘿！"

山坡上坐着一个人，一动不动。父亲向他喊话，也没反应。看样子是一具自杀者的尸体，父亲赶忙拿起手中的对讲机。

"有人在听吗？是我啊！我发现了一个不得了的东西，你们谁过来帮个忙吧！"

同伴们都敏感地察觉到父亲所说的"不得了的东西"指的是什么了，大家连集合都顾不上，慌慌张张就下山了。没办法，父亲也只好先下山，把情况和大伙儿说了一下，又联系了警察。没过多久警察就赶到了现场，父亲和几个同伴又跟着警察一起进了山……

"听我父亲说，再回到那个地方，就什么都没有了。可当时他走得那么近，绝对不可能看错的。"

那父亲看到的究竟是什么呢？

"难道不是人吗？可是他确实看到有个人在那儿。"

下中思考之后得出的结论是，那个山坡上当时确实有人，估计是想设置一个违法的捕猎陷阱。他看父亲过来了，本来想躲起来，结果却被父亲撞了个正着，只好坐在那儿，一动都不敢动。父亲见状误以为有人自杀了。

真的是那么回事吗？

如果真的有人待过，肯定会留下一些痕迹，起码上下山坡会留下脚印吧。如果像下中说的，那人是在设置陷阱，那肯定会留下更多的证据。可是现场什么都没留下。

"这一带经常发生类似的事，都说是被狐狸、狸猫骗了。不过我还是觉得那都是恐惧让人产生的错觉。那些拥有坚定信仰和心地纯洁的人是不会遇上这种事的。"

跳跃的野槌蛇 [1]

新潟县的旧入广濑村（现在的鱼沼市）是仍然保留着阿仁山野狩猎文化的地区。在那一带的大山里烧制木炭的浅井保是一位超级爷爷，八十四岁还扛着猎枪在山里猎熊！

"不可思议的事吗？我还真不太清楚。不过要说最吓人的，那应该是雪崩了，表层雪崩真的让人心惊胆战。"

浅井一次去山里打野兔，就经历了他所说的最惊心的表层雪崩。

"我其实早就知道那个区域很危险，不能进，可是……"

浅井追着兔子跑进了可能发生雪崩的地方，沿着斜坡

---

1 野槌蛇是日本已经传说了好几年的谜般生物，据说目击的人相当多，但就是没有人捕捉过活体，日本的兵库县更悬赏了高达 2 亿元日币来征求实体的野槌蛇。

一路往上……

"咔嚓！"

一声巨响，浅井立即停住了脚步。他感觉脚下的积雪在晃动，随即，身体一边下沉一边急速地朝山下滚落。

"我那会儿完全搞不清状况，脑子一片混乱，上下都分不清了。"

也不知道过了多长时间，幸好浅井没有失去意识，他在雪下面拼命挪动着身体；为了活下去，他始终没有放弃。他眼前突然出现了一个狭小的空隙，浅井深吸了一口气，睁开眼睛。

"是蓝色的，我在雪里看到的不是白色，而是一片蓝色。"

我估计浅井是脸朝上被埋进去的，而那天天气不错，透过厚厚的积雪，他看到了太阳光映在雪上呈现出的蓝色。

"最后是朋友们把我救出来的，但身上的枪和背包都不见了，五月份雪融化之后只找到枪。"

* * *

浅井自己没有在山里遇见过不可思议的事，也没听别人讲过。我看到他正忙着烧制木炭，心里盘算着就此打住不打扰他了。

"对了，这附近倒是有野槌蛇。"

"野槌蛇？"

"我家附近就有。听说这个小屋附近的山上也有，还跳来跳去的。"

浅井以前住在滑雪场旁边，经营着一家民宿。为了给客人供应一日三餐，浅井在池塘里养过红点鲑鱼。

"什么时候的事我记不太清了，是我老婆在池塘边看到的。说是圆滚滚的，就像是啤酒瓶后面长了条尾巴。"

这种生物看上去很难称之为蛇，不过老太太看着它琢磨了老半天，确定这就是野槌蛇，便大喊浅井。

"我出去的时候，野槌蛇已经钻进池塘侧面的排水沟逃跑了。排水沟的水泥盖子起码有五十公斤重，想挪开可不容易啊。说起来真是可惜啊，要是抓到野槌蛇，就可以去领政府的悬赏金了。"

有好几个人看见野槌蛇在浅井用来烧制木炭的小屋周围跳来跳去，估计那是它们的运动场所吧。

"我倒还没见过，好像都是那么'嗖嗖'地跳跑了。这一带原来管这种蛇叫土腹蛇，老早以前就有这个叫法了。据说有人看见过不止一次。"

* * *

我之前也听鹰匠松原和吉野町的下中提过类似野槌蛇的动物，他俩都是近距离看到的。

"我见过野槌蛇，其实就是蛇吞下整个猎物身体鼓起来的样子。蛇碰到体形庞大的猎物时，会松开下颚关节，把整个猎物吞下去，看起来像酒瓶一样。"

他俩给我的解释竟然不谋而合。

* * *

朝日村的山野猎人工藤朝男，非常肯定野槌蛇是存在的。

"那家伙长得酷似我们平日用来捶打稻草的工具。"

除了工藤之外，好几个人都和我提起过野槌蛇。难道他们说的野槌蛇是吞食了猎物以后的蛇吗？我不清楚。不过，山里人见蛇见得多，会仅因如此就看成另一种动物吗？再者，蛇吞下大个儿的猎物，肚子胀得鼓鼓的，还能跳来跳去，敏捷地逃出猎人的手掌心？

最近很少有人再提起野槌蛇了，不过可以想象它们在大山里活得很逍遥！

没有脚的人

从位于旧入广濑村的浅井保家出发，向山下走不了一会儿就是大白川村了。在此经营民宿的浅井藤夫是四十岁左右才从事狩猎活动的，起步比一般的猎人要晚一些。

藤夫经常一个人去深山里摘野菜和蘑菇，难免会和熊近距离接触。因此，与搭档猎犬进山，以防万一他总是随身带着枪。

"深山我也常去，但是从来都没迷过路，也没遇到过什么不可思议的事。倒是小时候，父母总给我讲洗豆妖[1]的故事。"

离藤夫家两百米左右的泽沿有棵很大的树，据说洗豆

---

1 又称为"小豆淘"，是一种在河川边出现、会发出"窸窸窣窣"像淘洗小豆一样声音的妖怪。它一般会出现在山谷的溪边或桥下等地。

妖常在那儿出没。

"我爸妈总和我唠叨，说晚上去那边的话，会被洗豆妖抓走吃掉，所以晚上绝对不许出门。只要有事，就算是晚上他们也会走那条路，这让我非常诧异。"

洗豆妖的故事浅井保也给我讲过。

"在洗豆妖出没的地方设下陷阱，一般都能捉到黄鼠狼。一只就能卖三千日元，挣点儿零花钱还是挺不错的！"

果然，只会"窸窸窣窣"淘洗豆子的妖怪大人们都不害怕。

***

"对了，我遇到过一条巨蛇。"

藤夫又给我讲了一个蛇的故事。

为了给民宿的客人提供餐食，藤夫打算自己弄个山葵[1]园。一天他正用除草机清理大山旁斜坡上的耕地，面前的草丛里突然冒出一条蛇。

"蛇在斜坡的上方，当时它高高抬着头，正好和我

---

1 十字花科多年生草本，日本特产。生长在山间溪流的水边，根茎粗，辛辣味儿强烈，有香气。根茎研磨后就是我们常吃的香辛料绿芥末。

平视。"

那是一条很大的蛇，或者应该说是一条有着超大体积的蛇。

"蛇抬起镰刀脖，对着我，不知道它想干什么。真是条大蛇啊，光头就有我拳头大，不对，比这个还要大。真的，真的！"

藤夫攥起拳头给我看，那是一个标准成年男人的拳头，而蛇头比这还要大。不过，最可怕的还是那蛇的样子。

"蛇的嘴向两侧大大地咧开，脸颊鼓胀着，就跟漫画里画的蛇一样。"

尽管大蛇好像并没有要扑过来的意思，但它的体积过于庞大，藤夫还是能感觉到危险的气息。

"我当时吓得够呛，来不及考虑就用除草机把蛇咔嚓切成了两半。"

藤夫看见巨大的镰刀脖飞了出去，便关掉除草机，随之听到一种让人很不舒服的声音。

"咕噜，咕噜，咕噜咕噜咕噜……"

那是没了头的蛇身从山坡滚落的声音。

"咕噜咕噜，咕噜咕噜，蛇身滚落在草丛里，声音却并没有停止。我当时吓得半死，连滚带爬地跑开了。"

藤夫实在不想回去，但活儿干到一半不能不管。冷静下来，他决定等一会儿再回去。可话又说回来，藤夫之前从来没见过这么大的蛇，那一刻好奇心战胜了恐惧感，他很快就回到耕地，一边割草一边寻找蛇的尸体……

"竟然没找到，我把附近一带的草都割干净了，哪儿都没有发现蛇的踪影。"

被除草机割掉的蛇头，以及从山坡上咕噜咕噜滚落的蛇身，都没找到。

"实在太奇怪了，怎么会找不到呢？我再三琢磨，心想这条蛇不会是山里的精灵吧。要真是那样可就糟糕了，我担心自己会遭报应。"

"那之后有发生什么吗？遇到过什么倒霉事吗？"

"没有，什么事都没有。"

什么事都没发生，可能是因为那条蛇根本就没死吧。

* * *

在藤夫二十七岁那年，外婆去世了。紧接着的那个春天，他母亲在地里干活，突然听到沙沙的声音。

"听声音好像是有人进山了，就是农田上面的一片山林，那也是家里采野菜的地方。会是谁跑进去了呢？母亲看了半天。"

那是个非常熟悉的身影，肩上背着采野菜的竹篓——是已经去世的外婆。外婆所到之处杂草都发出沙沙的响声，可是她的样子看起来有些不对劲。

"听母亲说，她没有脚。"

正值采摘野菜的好时节，外婆还是念念不忘啊！

* * *

"我老婆也见过没有脚的人。"

那是民宿特别忙碌的季节。按照惯例，每年到这个时候，店里都会雇一些附近的高中生来打短工。忙碌的一天结束后，大家坐在一起吃晚饭，之后，学生自行回家。但外面黑灯瞎火的，藤夫的妻子不放心，总会开车把他们送回家。然后，她走河对面的山路返回。

"山路刚好经过一个村子的墓地。我老婆开到那附近时，感觉有个人站在路边。"

漆黑的山林墓地，再加上一个伫立的人影，光这些就已经够吓人的了。

"这还不算什么，她想看看是谁站在那儿，仔细一瞧才发现那个人没有下半身。从那以后，我老婆再也不敢走那条路了。"

巨大无比的狐火

福岛县的只见町，其狩猎技艺是从阿仁地区移居的山野猎人带来的。在镇上经营林业公司的渡部民夫，是一位拥有四十年狩猎经验的老猎手。下面的故事就是他分享给我的。

"狐狸吗？确实听过不少与之有关的故事。其中一个是说有个老太太总在同一个地方打转，怎么也到不了家。她可不是在山里哦，就在家附近，没出村子。狐火我不知道，也没见过。"

渡部也时常一个人进深山，但从来都没有过害怕或是不可思议的感觉。

***

"我听说过野狗的事。"

那是渡部打猎时遇到的前辈讲给他听的。昭和初年，很多猎人都会在山里搭个临时小屋，然后去深山里猎熊，这是很常见的。晚上回到简陋的小屋，猎人们会借着油灯微弱的光亮，简单吃点儿东西。话说回来，那其实也是一段很快乐的时光。

"嘿！那是什么声音啊？"

突然有人这么一问，大家都竖起耳朵。是嚎叫声，好像是狗的。可是这深山老林的，怎么可能有狗跑进来呢？

"是野狗吧。"

此处说的野狗，其实就是狼。1905 年日本狼[1]最后一次在奈良县的东吉野村被捕获后就再没人见过，大家认为绝种了。不过近几年传言不断，说有人在秩父山等地方又看到过，还说昭和初期在只见山里曾频繁听到狼的嚎叫声。

当然，早年间山野猎人所说的野狗和日本狼到底是不是同一种动物，大家的意见也有分歧。一位经验丰富的登山爱好者，在早池峰山里曾遇到过野狗。据他说，野狗的样子和普通的狗完全不同，他确信那就是日本狼。

1　栖于日本本州、四国和九州的日本特有的狼。体形最小的狼种，有些地方视之为野狗。明治后期灭绝。

* * *

刚刚说自己没有见过狐火的渡部，实际上他曾经遇到过比狐火更加匪夷所思的东西。

"那是一天深更半夜，大概是深夜两点吧，我从旧入广濑一带返回家时遇到的，就在天子仓大坝的最上面。"

正值盛夏时节，天很晚了，渡部摸黑走山路回家。半路上他看到了一个奇妙的景象。

"我走着走着突然看到了左边的大山有什么东西在发光。狐火？不对，不是的。整个山坡都在发光，长度超过两百米。"

这和排球大小的狐火简直就是天壤之别啊。夏季是萤火虫活跃的时期，但萤火虫聚集成那么一大片好像不太可能。

"那到底是什么呢？不会真的是 UFO 吧。"

在大山里摸爬滚打四十年的渡边竟也不知道是什么东西。

只见町的猎人如今正面临着前所未有的危机。自2011 年日本发生核泄漏事件之后，政府开始禁止食用和买卖熊肉。在过去，无论是食用还是其他方面的经济价值，猎熊都有太充分的理由了。并且对于猎人来说，猎到熊既是喜悦也是荣誉，同时证明了时刻伴随着危险的捕猎是很有意义的。可如今猎熊变成了单纯的除害，就算熊落入了大铁桶制作的陷阱，猎人将其射杀后也只能丢弃。这样的猎熊既没有喜悦也没有荣誉。几年下来，越来越多的人已经不再从事捕猎活动了。

困在山里出不来

位于长野县东部的川上村，地处群马县、埼玉县和山梨县三县交界的高地位置。村子距离八岳火山群很近，冬天最冷的时候经常出现零下 20 摄氏度以下的低温，属于极寒地区。这一地区也活跃着很多猎人，下面的故事来自一边从事高原蔬菜种植一边进行狩猎活动的井出文彦，他家里祖孙三代都是猎手。

"如果一个人在围猎中始终承担轰赶猎物的任务，那他一定有一些不可思议的经历，大山就是这样一个神奇的地方。"

论技术，井出在川上村的猎人当中可算是数一数二的了。据说二十多年前，他也有过一次困在大山里怎么都出不来的经历。

那天他一个人前往狩猎场，打算为第二天的捕猎活动做些准备，提前寻找猎物的踪迹。他在山里转了一大圈，发现了多处足印，对于第二天的捕猎方式也有了各种考虑。在什么位置放猎犬去追赶猎物，大致在溪流上游的哪个位置可以将猎物干掉，他打算在脑子里整体推演一遍就回村向同伴们汇报。

"哎哟，好奇怪啊！"

快看到停在林间路上的车了，井出突然感觉有些不对劲，好像自己又走回了刚才经过的地方。

"我怎么会干这种蠢事呢？！"

他又四下好好确认了一遍，这就是自己平日里常来的那座大山啊，并没发现什么奇怪的地方，眼前只有一派自己再熟悉不过的景象。他确信自己的车就在不远处停着，于是继续往前走……

"可是我怎么都走不到停车的地方，总是糊里糊涂又绕回原地，实在是太不可思议了。后来，我又试着走了好几次，也都是徒劳。"

那既不是在夜里，也没有暴风雪，就是一个再普通不过的白天。井出感觉情况不妙，于是他用对讲机向同伴们求援，大家进山来接他，这才平安地下了山。

"为什么会遇到那种情况，我到今天都没想明白。你是说狐狸吗？有这种可能吧。一般碰上这种事多半是被狐狸耍了。"

井出这是非常典型的原地打转，在大山里很常见。可当时既不是夜晚也没有大雾，像他这样没有任何特殊状况而在熟悉的地方迷失方向，真的很难解释。

　　川上村东边的山里有一个叫"尿床山溪"的地方，和之前提到过的阿仁地区的"狸猫山溪"类似，都被大家视为不可思议的地方。一走到这附近就总有怪事发生：本来应该要右转的，却不知道为什么转到左边去了。此外，有人听见远处谁在叫自己的名字。

＊ ＊ ＊

　　"我听我婆婆讲过，跑进家的动物会带走人的魂魄。"

　　说这话的是中岛初女，她专门负责搜集川上村的民间传说和故事等。中岛记得有一次家里进了动物，她婆婆吓得要命。

　　"那大概是十二年前吧，一天我婆婆突然慌慌张张地跑到我的房间。她大声说，快把那东西赶出去！不能让它进屋，否则会把人的魂魄带走！"

　　婆婆突然说这么可怕的事，初女也开始害怕了，但是婆婆的命令她又不敢违抗……

　　"我当时已经吓糊涂了，顾不上分辨那是什么动物，是貂，也有可能是黄鼠狼。我站在椅子上，举着长长的扫帚到处乱戳。"

　　最后也没搞清楚那到底是个什么玩意儿，好歹是给轰了出去。那段时间中岛的公公生病卧床不起，婆婆觉得肯定是什么东西附在小动物身上，跑到家里来想带走病人的魂魄。中岛的婆婆是个特别迷信的老太太，她还很忌讳四脚和尾巴尖是白色的猫。

"她说什么'乌云盖雪'会给家里招灾，所以很讨厌孩子们领回来的猫，死活都不许养，非要扔掉。"

"乌云盖雪"就是四只脚和尾巴尖是白色的意思。

* * *

从川上村出发，一路向东走，翻过三国岭就到埼玉县的秩父地区了。这里的山岳地带地势险峻，冬季封山之后再想翻越就很难了。有不少人相信这一带至今还栖息着日本狼，之前还因为有人在秩父地区拍到了疑似的照片而引发了意外轰动。

"这边管日本狼叫野狗大人。一般到野狗大人繁殖的季节，人们就会去山里供奉赤豆饭。为了得到野狗大人的幼崽，还有人把母狗拴在山里很长一段时间。估计我们今天说的川上犬就是这么配种得到的吧。"

这些都是在奈良县东吉野村捕获最后一匹日本狼之后发生的事。再联想到昭和初年只见地区经常听到野狗嚎叫的说法，日本狼的灭绝时间应该比官方公布的要晚一些才对。

秩父地区的三峰神社里保存着日本狼的皮毛。而捕获这匹狼的时间应该也是在东吉野村最后一次捕获日本狼之后。

＊＊＊

再说一个村里老猎手井出文彦的故事吧。

大概十五年前，井出带着便当和猎犬一起去山里玩。虽说是玩，但并不是我们想的那种郊游，他主要是想借机训练一下自己的猎犬。走到深处，井出突然被一阵轰鸣声吓了一跳。

"是翻斗车，听声音就在附近。"

那已经是大山深处了，翻斗车会开到这种地方，井出觉得肯定是有什么大工程开工了。

"我当时想，工程都进行到这个地方了，真了不得啊！"

当时井出没觉得有什么不对劲的地方，可回到家里，不知怎么搞的，心里总觉得有什么事想不明白。

"我越想越觉得奇怪，怎么会有路通到那个地方去呢？"

那地方一般人都走不进去的，翻斗车怎么就能畅通无阻地开进去？而且也没听说那里有什么施工项目。井出觉得太不可思议，又跑了回去，想确认一下翻斗车是从哪条路进去的……

"我回去一看，什么都没有。那地方根本没有一条翻斗车能通过的路，更别说什么工程了，真的是什么都没瞧见。"

这又是狸猫捣的鬼吧。

* * *

井出在自己家里也经历过不可思议的晃动和巨响。那是一天午后，他和家人悠闲地待在客厅里……

"那声音特别大，嘎啦嘎啦嘎啦嘎啦，一开始我以为是地震呢！"

可是，那明显不是地震。因为只有窗户和门在晃动，整个房间都被巨大的响动包围了，持续了好一会儿。

"我当时吓坏了，不知道是怎么回事。后来接到一个东京来的电话。"

电话是医院打来的，井出家一位在东京都住院的亲人去世了。在客厅的家人得知亲人去世的时间后都明白了，之前那个不可思议的现象，一定是亲人来和他们道别。

* * *

我在川上村几乎没听人提起过狐火。不过，听我讲了许多别处的事，一个猎人忽然想起他小时候的一次经历。

"你说的那种东西，我在山里还真见过。"

"是像排球那么大的吗？"

"嗯，是有那么大，并且有条尾巴。"

"尾巴？"

他是刚刚上小学的时候看到那个类似狐火的东西。当天和朋友在外面玩了一下午，在回去的路上，无意间看到山上有一个光团。那大概是傍晚时分，夕阳西下，周围渐渐暗了下来。光团飞在昏暗的天空中，就像是电影中出现的鬼火，只是还拖着一条尾巴。

"我一直不知道那是个什么东西，今天听你说才意识到那应该就是狐火吧。"

川上村一直都少有关于狐火的传说故事，就算看到空中有不可思议的团光飞来飞去，人们也不会往那方面想。

修行僧的忠告

在源平合战[1]中败北的平家一门及其党羽被人们称为"平家落人"[2]，他们中的很多人从九州逃到了东北。栃木县的汤西川（现在的日光市）就是聚集了平家落人的村子之一。在战争中幸存的平家一族从坛浦沿着日本海漂流，不清楚为什么会来到北关东的深山里。汤西川一带是山势险峻的深雪地区，这里还沿袭着山野猎人的传统捕猎方式。有落人居住的地方大多会将狩猎的风俗传承下来，不知道这算不算是一个巧合呢？这回的故事来自于汤西川年纪最大的现役猎人中山桂。

"被狐狸欺骗的故事要多少有多少。有人去山里采蘑

1　史称"治承－寿永之乱"，指日本平安时代末期，1180年至1185年的六年间，源氏和平氏两大武士家族集团一系列争夺权力战争的总称。坛浦是源氏和平氏最后的会战战场。

2　败军、溃军、逃亡者。

菇，采完却找不到回家的路，一直在大山里来回乱转，半夜都没出来。这就是附近山里发生的事。你说狐火吗？狐火是出现在墓地里的，我们这里管那种在空中飞来飞去的东西叫火球。"

中山年轻的时候，曾经遇到过一种既不是狐火也不是火球的东西。

"现在是不允许了，过去我们经常半夜进山打飞鼠。"

半夜打飞鼠其实就是夜捕。

一个秋天的晚上，中山和朋友两个人相约一起去夜捕。时值晚秋，林子里的树叶已经落尽了，点点微弱的星光投射到这个寂静的空间里。夜捕一开始，两个人拧亮手电筒寻找远处树上的猎物，手电的光遇到飞鼠会在它眼睛里反射出漂亮的光芒。

"嘿，那边有！"

"在哪儿？喔，看到了，看到了！这次你来射击，我负责照亮！"

就这样，两个人边走边打，一路下来收获了八只飞鼠。

"你还有子弹吗？"

"哎呀，没有了。"

"那咱们回去吧。"

那会儿已是深夜两点，而两个人带的子弹也都用完了，说话就准备下山。

谁知半路上……

"啊！那是什么啊？"

中山顺着朋友手指的方向看过去，有一片蓝色的光，正从山上缓缓地向着他俩所处的位置移动过来。

"光，那是什么光啊……"

那光沿着河道的方向下行，但并不是笔直下来的，好像是穿梭在周围的树木之间，路线看上去错综复杂，这与他们之前见过的火球完全不同。

"超大个的，发着蓝光，大概有这么大吧。"

中山比划给我看，那发光体直径将近一米。它飘在二十米左右的高空中，一点点向他俩靠近。令人吃惊的不仅是它的大小，还有它发出的光亮。

"我们周围的大树和树叶全都被照成蓝色了。那光亮越来越近，而我们身上已经没有子弹可以射击了，两个人都吓傻了。"

此时，已经移动到他们正上方的神秘蓝色发光体将两个人都照成了蓝色，他俩手拉着彼此的手，紧闭双眼浑身发抖。

"我们吓得不敢睁眼，手拉着手一动不动地站在那儿。"

过了一会儿，他们感觉周围暗下来了。于是，战战兢兢地睁开眼睛，发现那蓝光已经越过他们继续往山下移动了。

"到现在我们也没搞清楚那到底是什么？说不定还真是外星来的 UFO 呢！"

* * *

在如今这个汽车普及的社会，汤西川在大多数人眼中就是一个交通不便的深山老林。可是在过去并不是这样的，走山路被认为是捷径，有很多人来往于此地。

"往群马县去的人也会从这座山翻过去。"

的确，从地图上看，去群马县最短的路线就是翻山。

七十八年前的一个黄昏，一位修行僧途经人来人往的汤西川。他走到一个猎人的家门口，请求在这里借宿一晚。问清缘由后，猎人热情地请他进屋，尽管家中并不富裕，还是拿出了最好的食物款待修行僧。家里有个刚出生的孩子，但是不进奶水，这让猎人非常发愁。

"他出生刚七天，您说是不是因为身体太弱了？"

被猎人这么一问，修行僧盯着小婴儿看了许久，又询问了孩子的名字。

"按那个修行僧说的，这孩子身体太弱，没办法顺利养大。唯一的破解之法是改名字，僧人建议把孩子原来的名字'圭造'改成'桂'。"

家人按僧人说的给孩子改了名字，如今他已经七十八岁了，还精神矍铄地在山里打猎呢，据说他猎熊的数量就快达到一百头了。

"要说，都是托了那位僧人的福，他才能一直都活得这么健康啊！"

过去，在大山里常常有各种奇妙的缘分。

III 与灵魂的邂逅

不归之人

大多数人一进山就会觉得空气清新景色优美，心情也变得特别舒畅。当漫步在树林当中、被无数生命包围的时候，你会感觉自己也被注入了活力，心灵曾有的那些伤痛也得到了治愈。

大山里生存着成千上万的动物、植物、昆虫、微生物等，与此同时，每天也有不计其数的生命在消亡。生与死在这里是等量的。人类走进大山，也就成了这个生死平衡的一部分。

接下来的几篇故事，我将会隐去主人公的名字和居住地，因为大都是近些年发生的事，不想再有人去打扰他们留在世上的亲人了。

* * *

秋意渐浓，在东北的某个地方，两个男人进山采蘑菇。那里距离他们住的镇子有四十多公里，他们每年都来这里采蘑菇，因此对大山非常熟悉。

两个人一大清早就到了目的地，把车子停在通往大瀑布的林间小路旁，过了河，就向着大山进发了。本来采蘑菇应该当天返回的，可是过了很久他俩都没从山上下来。

第二天，忧心忡忡的家人与当地的警察取得联系，并立即赶了过来。

"这座山他们俩常去，我也没当回事，可是……真叫人担心啊！"

"瞎担心什么，肯定是脚崴了或是哪里受伤了，一时出不来，所以就在山里过夜了，肯定不会有事的。"

尽管大家心中越来越不安，但还是相互说着宽心的话，故作轻松。

家人赶到的时候，当地的警察和一群熟悉大山的猎人已经集结完毕。除了告诉他们两人进山经常走的路线外，家人能做的就只剩等待了。

不久就传回消息，搜索队在通往大瀑布的林间路上发现了一辆车，与二人开的很相似。家人觉得这下可以放心了，便一同进山确认。

"对，就是这辆！我敢肯定这就是我们家的车。"

那条林间路并不宽，也就够错车的，家人熟悉的车子就停在那里。

"车子停在这儿，那他们一定是从这里过的河，赶紧去找吧，说不定他们正等着呢！"

家人望着当地猎人强有力的背影，心中暗自祈祷，搜索队消失在对面山坡的山毛榉林里，他们还是久久不愿离去。

"哎呀，在这儿等也没用，还是先回旅店吧。"

就这样，家人一步一回头地离开山林回到了镇上。

天黑之后，搜索队从山上回来了，但没有看到那两个人。

"怎么样了？"

见家人都围了上来，一位年长的猎人说：

"我们走到了很深的位置，但没有找到他们。不知道会不会是落水了，明天再加派人手，从上至下搜索一遍，请不要太担心了。"

说完，猎人们各自回家了，只剩下那两人的家人。他们本来以为可以找到他俩一同回家的……有人失望地瘫坐在地上一动不动。

接下来的几天，搜索一直在进行。家人也都留在当地，关注着搜索的进展。迷人的红叶变成了枯叶，尽数凋落。纷纷扬扬的雪花随时有可能变成厚厚的积雪，大雪的季节近在咫尺，想要继续搜索已经很困难了。

这一带的山尤以大雪闻名，就算是最有经验的猎人，到了这时候也不敢贸然进山。而来年春天冰雪消融，最早也是五月上旬了，这期间进山几乎是不可能的。

第二年，两名失踪者的家人等不及冰雪融化就又来到了镇子，他们同当地的猎人不断交涉。从三月份的解禁日开始，会有一些溪流垂钓师陆续来这里捕鱼，他们是最早进山的一个群体。为了能让这些人看到，家人将他们亲手制作的传单贴在火车站、旅馆和路旁的大巴站上。传单上印有两名失踪者的合影。照片里的他们一副平时进山的打扮，家人都觉得这是最容易辨认的。

那之后很多年过去了，他俩就这么一去不复返了。他们失踪后的最初两年里，每逢周末家人都会过来和猎人一同进山搜索，我自己也碰上过几次。贴在各处的传单上，两人的照片已经泛黄褪色。不知道从什么时候起，那些传单不见了；渐渐地，家人也不再来了。也许，他们觉得该做的、能做的都已经做了吧。

一位每周都参与搜索的猎人，非常不解地对我说：

"按说他们不会走到大山深处的，又不是去采舞菇，应该就在近处才对。可是找了那么长时间，我们竟然什么也没发现，不应该啊……"

确实，如果人被雪埋住的话，春天一到极有可能被雪崩带走。但是像鞋子、塑料篮筐等不会腐烂的东西，总应该留下一些的。很难想象他们所有的东西一件不剩地被冲到河的下游去了。而且不是一个人的，是两个人的。一个人进山很危险，但如果两个人一起，安全系数会高些。难道两个人同时遭遇了难以应对的状况吗？他们在临终前到底看到了什么，我们怕是再也找不到答案了。

死者的微笑

鲜美的蘑菇是秋日里最长情的期盼，而茂密的阔叶树林则是一个巨大的宝库，那里生长着各种各样的蘑菇。每年都有很多人巴望着这个时节的来临。

一对住在横滨的夫妇，离开家乡快四十年了。每年一到这个季节，他们都要回老家去采蘑菇。对于他俩来说，这是一年中的大事，八个小时的车程也已经习以为常了。

"听外婆说今年皮齿耳特别多！"

"大概是因为夏天比较热吧。"

皮齿耳的学名叫长刺白齿耳菌，是一种遍布生长于朽木之上的菌类。纯白色的菌菇在森林里显得格外迷人，煮汤会特别鲜美。

两人在夕阳西下时到了家，老家的亲人们早就为他们备好了美酒佳肴。欢乐的时光，久违的轻松与舒畅，让他们沉浸在故乡温暖的怀抱中。

第二天一早，夫妻俩收拾好行装便向大山进发了。他们沿着北坡溪水旁的小路走，中途直接拐入树林，这是采集心仪蘑菇的固定线路。三十分钟后，他们到达了山脊线。两个人下车坐在一棵倾倒的大树上小憩，一边擦汗一边喝着瓶装茶饮料。

"今年的红叶不怎么好看啊。"

"可不嘛，都九月份了还这么热。"

虽说是来采蘑菇的，不过对于夫妇俩来说，就这样在山里漫步也是一种愉悦的享受。

沿着山脊线向下，在通往对面山坡的路上，夫妻俩发现了大片丛生的皮齿耳。

"哇，这里有好多！"

"真的太棒啦！外婆说的一点儿都没错！"

两个人马上专心在朽木上采起了蘑菇。皮齿耳外形层层叠叠，酷似白色的珊瑚。这种蘑菇含水量很高，手感又像是吸饱了水的硬质海绵，摘下来后要用力挤出些水分再放进袋子里。皮齿耳不是那种娇气的蘑菇，野蛮采摘也不怕。夫妻俩在此收获颇丰，后来又找到几个采摘点，但是都不多。

"要不今天就先回去吧。"

下午两点一过，夫妻俩就准备下山了。午饭之后收获寥寥，不过肩上的背包差不多被皮齿耳塞满了。

"哎哟，挺沉的，还真不少！"

"孩子他爸，你的腰没事吧？"

"啥事没有，背上蘑菇，我这腰病都好了呢！"

两个人一边打趣，一边往山下走。

就快到山溪附近的时候：

"你快看！那边，好像也有不少！"

妻子朝着丈夫手指的方向看过去，确实有不少看起来很像皮齿耳的蘑菇。

"别过去了，已经摘这么多了，再说回去还有很远的路要走。"

"什么呀，从这儿走到停车的地方三十分钟都用不了，爬着都能到。没问题的！"

于是夫妻俩开始了这天的最后一次采摘。

那地方的皮齿耳真是特别多，怎么摘都不见少。两个人可劲儿地往背包里塞，随身带的大塑料袋也都装满了。就这样，也没摘完。

"可惜了！"

"那也没办法啊，留给后来的人摘吧。"

夫妻俩扛着圆鼓鼓的背包和大塑料袋往车子的方向进发。

可是，没想到……

眼看就要走到停车的那条林间小道了，丈夫突然一屁股坐在地上不动了。

"唉，我动不了了！"

"啊？你不是说爬都能爬回去吗？"

"不是，真的不行了。我全身都不能动了，赶紧叫人吧！"

妻子从来没见过丈夫这个样子，她意识到了事态的严重性，拼命跑回车里，一刻也不敢耽搁地开回了村子。

两个小时后，妻子和村里消防团的人一起返回了现场，却没看到丈夫的踪影。这真是太奇怪了，当时丈夫明明已经全身无法动弹了，他能去哪儿呢？

"不会是……"

妻子把消防团的人带到了那片他们最后摘皮齿耳的地方。大家注视着这片昏暗的树林，突然发现了一个卧倒的人影。

"这到底是怎么回事啊……"

一名靠近了人影的消防员小声嘀咕着。

丈夫被那些没有摘走的皮齿耳团团围住，已经断气了。大量的皮齿耳从塑料袋里涌出来，他的身体仿佛已经被白色的花朵掩埋了。

"他是在笑吗？"

丈夫的脸上的确呈现出一副平静而又满足的表情。消防员抬起丈夫的尸体，很多纯白色的皮齿耳从他身上滑落。

"啊，对不起！能不能把这些蘑菇也带回去？"

自己的丈夫都去世了，一般人哪儿还顾得上什么蘑菇啊。可是她说这话时，表情却异常镇定。

"可是，夫人……"

"我丈夫直到临终前都在拼命采蘑菇，就是想带回去分享给大家，拜托了！"

消防员们相互对视了一下，把散落在地上的皮齿耳捡起来放进口袋里，蘑菇和丈夫的尸体一起被送回了村子。

"这事真是太奇怪了，普通的蘑菇怎么会这样呢？不过这些蘑菇最后还是被带下了山。"

听附近的村民说，妻子把从山上带下来的大量皮齿耳都分给消防员和周边的邻居了。

来迎接的人

那天，村子里办喜事，C 去朋友们家挨个儿串门喝酒。大山里的小村子，连个酒馆都没有，这样挨家挨户串门喝酒还是早年间祖辈们传下来的习惯。夜渐渐深了，C 喝得不省人事，只能被朋友扛着送回家。

"哎呀，哎呀，喝这么多可怎么是好啊！孩子他爸，你醒醒！真是的……阿浩，真不好意思，又给你添麻烦了！"

妻子向送 C 回来的朋友阿浩道谢，然后费劲巴力地把烂醉如泥的丈夫拖到了床铺上。

睡到半夜，外面传来的说话声把妻子吵醒了。

"唉，这是谁来了？深更半夜的不会又要去喝酒吧？"

妻子心想肯定是丈夫的那帮酒友又来约他了，起来一看丈夫已经不在被窝里了。

"啊，又跑到哪儿去了？！"

妻子真是气不打一处来，骂骂咧咧地就往大门口走。

她走到门口一看，门大敞着，冷风呼呼地往里面灌，可丈夫的鞋子还放在原地没动。

"光着脚出去的呀？这个酒鬼！"

妻子说着就追了出去。皎洁的月光照进村子，身边的一切都看得分外清晰。这大半夜她也不好意思去朋友家里打扰，自己在外面站了半天。可是实在太冷了，打算回家，一转身，就发现一件怪事。

大门旁边有一个小花坛，婆婆在里面种了不少花，每天都精心照料。

"怎么什么都没了？"

妻子觉得很奇怪，仔细一看，那些花差不多都被连根拔光了。

"谁？这是谁干的呀？"

她又惊又气，可是仔细想想，傍晚自己明明出来看过，那些花儿还都好好的呢。

"不会是，那家伙……"

妻子心里知道丈夫就算是喝得烂醉，也不至于做出这种犯浑的事啊。可是，这花坛里的花怎么看都像是刚被人给揪了的。

"要真是他干的，我绝对饶不了他！"

妻子等了一宿，第二天早上丈夫都没回来。

天亮之后没多久，整个村子都炸开了锅，C找到了。

"真是把我吓了一跳。我看那边水田里好像有一个人，再仔细一看，确实是个人倒在那儿，我赶紧跑过去帮他，结果发现是 C。"

C 倒在自家刚翻过的水田里，脸朝下趴着，半个身子差不多都埋在了泥里。他被发现的时候已经没有了呼吸，光着脚，身上穿着睡衣，手里还紧紧攥着一把花儿，就是他家老太太精心种在花坛里的那些。

"好多人都说 C 出事是因为狐狸，可我不这么认为。"

说这话的是那天把 C 送回家的阿浩。

"我送他回去的时候，他在大门口摔了一跤，可能是因为醉得太厉害了，还把头给磕了。我看得很清楚，他肯定是把脑袋磕糊涂了才出事的。不是因为什么狐狸。"

* * *

别的地区也发生过类似的事。

喝了酒的村民不知去向，全村人都出动了，到处找，后来是在村头的蓄水池里发现的。那人还活着，不过据说拽他上来的时候大家都吓了一跳，他嘴唇是鲜红色的，明显是涂了口红。没人知道为什么会有人给他涂口红。问他本人，别说口红了，他就连怎么去的蓄水池都忘得一干二净了。

* * *

我在各地都听说过类似半夜失踪的事，其中多半是喝了酒出事的，不过也有一些令人唏嘘的故事。

村子里有个中学生，半夜突然不见了，家人把附近一带都找遍了也没发现人影。第二天早上，消防团和学校的人也一起进山搜索。严冬的大山，积雪相当厚，很快就有了明显的线索——中学生的脚印。顺着脚印，大家一路穿过了附近的树林，往山溪的方向走去。

"大半夜的怎么走到这地方来了，手电都没带……"

"嗨，肯定是狐狸施的法术。"

消防团的人一路上小声议论着。

大家来到山溪边，发现脚印是沿着溪流边上的小路朝上游方向去的，之后又转向了红色大桥的一侧。

"难道是过桥进山了？"

"应该不会吧，大半夜的。我觉得再怎么也不会跑进山里去吧。"

大家想的没错，中学生的脚印到大桥中间的位置就消失了。

"我说，不会是……"

大桥栏杆的积雪上明显有一处手扶过的痕迹。往桥下看，什么都看不见。可以确定的是，他跳下去了。于是，大家集中力量在山涧里搜索，最后在下游的瀑布潭里发现了中学生的尸体。他穿着睡衣光着脚，出门时穿的拖鞋也在雪地里找到了。

"这大冬天的夜里，谁会穿着拖鞋往外跑呢？而且还穿着睡衣。没有遗书，在学校也没遇到什么问题，到底是为什么呢？"

没人知道是为什么，或许连他本人都不清楚吧。

导航仪的规划

这是我自己的一些经历，说来有些不好意思，不过我的确常常在山里遇到不可思议的事。我这人没什么第六感，也不是那种能看到神怪的体质，一向都与这类事情无缘……除了在大山里。

那次我为了搜集素材前往筱山市，一早就与几个猎人在狩猎场取材，傍晚的时候大家解散准备各自返回。

"你认识回酒店的路吗？"

当地的猎人问我。因为车上装着导航仪，我说没问题。天色渐渐暗了下来，猎人们一转眼的工夫都走远了。车子停在空旷的露天堆场，我按下导航仪的开关，这时候才发现印有酒店地址电话的卡片落在房间里没带。偏偏酒店的名字我又怎么也想不起来了。

"哎呀，那酒店叫什么来着……"

我想了半天，一个字都想不出来。

愁死了，我想不管怎么样先开到朝来市的市中心再想办法。打开导航仪，最先在地图上看到的就是消防局。

"开到这地方的话，我认识路，应该没问题。"

于是，我把目的地设为朝来市消防局，发动车子朝着县道方向开去，那时候天已经全黑了。

"前方第一个十字路口，右转后直行。"

周围乌漆墨黑的，只能这么跟着导航走。我又确认了一下到达时间，说是还有一个小时左右。

"要说今天出来的时间可真够长的，也太累了，就想赶紧回酒店喝杯啤酒。"

从早上离开酒店已经过去十二个小时了。

"前方路口请左转。"

左转？上了县道不是应该一路直行吗？

"前方再右转。"

我自己心里明明知道沿着县道一直走就是朝来市的方向，但是导航说左转，我想大方向没错，说不定还是近道呢，就按它说的转了。车子跑上了一条乡间路，两旁都是开阔的水田。

"前方右转，向前再左转。"

我驶过乡间路旁的一条河，左转后进了一个小村子。村子里一片寂静，连个像样的路灯都没有。继续往前开，然后右转，我发现路变窄了，旁边还有一条小溪。进入杉树林之后，全都是上坡下坡，路也越来越窄。

"奇怪啊，怎么开到林间路上了。"

"请沿着此路继续行驶。"

我又确认了一下导航仪的地图，规划的路线看起来是往朝来市方向去的。我半信半疑地开了有五分钟吧，坑坑洼洼的林间路已经窄到无法错车了。

"这肯定不对了！"

我赶紧把车停下来，再次确认导航，想看看这条路是通向哪儿的，可是把地图放大了也没弄清楚。

突然有种不太好的预感，我把车倒回一个相对开阔的地方，打了好几次方向盘，才把车头调过来。开在漆黑的林间路上，只能依靠车灯的一点儿光亮。团团浓雾被车灯照着，忽忽悠悠地飘荡在森林里。我感觉自己胳膊上起满了鸡皮疙瘩。

"冷静！冷静！"

我不断告诫自己。旁边就是一条没有护栏的山溪，要是从这儿掉下去，肯定不会有人来救我的。

开出小村子，我又看到了那片水田。一直往前开，终于又走回了县道，一颗悬着的心总算是放了下来。与此同时，我关掉了导航仪，因为它一直唠唠叨叨地让我掉头返回。

　　沿着县道开下去，一路无阻，很快就找到了通往朝来市的路。就这样，好不容易平安回到了酒店。

　　进到酒店房间，我顾不上喝啤酒，第一时间打开了电脑，想看看那条路到底是通向哪儿的。我把网络地图放大：

　　"这里是县道，超市在这里，那我应该是在这前面左转的……"

　　从地图上看，我后来经过的地方，从乡间路到小村子，这些地方的名字都和我印象里的一样，看不出问题。右边是条溪流，应该是从这一带开进林间路的……再往前呢？

　　我又不断放大地图，上下滚动鼠标……是条死路。那已经是海拔 700 米左右的山顶了，自然是没有路的。

椎叶村

　　宫崎县的椎叶村，是柳田国男[1]先生构建民俗学框架的地方，村里还立着一块写有"民俗学发祥地"的纪念碑。从村里举行的深夜祭祀活动和当地猎人的各种仪式来看，这一地区确实保留了很多古代日本的习俗。

　　我曾两次探访椎叶村，不知道为什么导航仪都出了状况。第一次我是在福冈机场租车开过去的。取材结束后，从椎叶村前往都城市。刚离开村中心不久，导航仪指示："请在下一个路口右转。"

　　因为在山里，路线都很简单。丁字路口往右转过桥，再沿着狭长的盘山道一路上行。半路上我去参观了那座

1　日本民俗学创立者。东京大学政治专业毕业。早年曾投身于
　　文学事业。30岁时离开文坛，开始研究民俗学。曾任《朝日
　　新闻》评论员，1932年辞职后，专攻民俗学。创立了民间传
　　说会、民俗学研究所。著有《后狩词记》《远野物语》《海南
　　小记》《蜗牛考》《桃太郎的诞生》等许多民俗学著作。

"民俗学发祥地"纪念碑，之后继续前进。

"请沿这条路继续行驶。"

导航仪说的应该没错。这条林间路紧挨着陡峭的山坡，没有其他的岔路口。我看了一下汽车仪表盘，发现油箱里的油不多了。

"嗯——翻这座山应该没问题吧……"

我又确认了一下导航仪显示的到达时间，顿时感觉不太对劲。出发已经二十多分钟了，可是预估耗时完全没有变化。真是太奇怪了。而且我还注意到导航仪已经半天都没动静了。我继续开，心里估摸着一会儿就该有新的指示了。然而，二十分钟过去了……

"我说，这是什么情况啊？！"

我又发现了一个致命的问题，导航仪的画面不动了，定位当前所在地的小点也只是原地晃了晃。画面和十分钟之前没有任何变化，也没有提示我与卫星失去了联系。我感觉再这么继续开下去会有危险，干脆调转车头往回开。回到桥的位置时，导航仪又恢复了正常，之后就带着我顺利地开到了都城市。

* * *

第二次，我在熊本机场租了车去椎叶村。之前已经预定好了位于村子最深处尾前地区的一家民宿，进村之后导航仪带着我开了一段就结束了行程，而周围什么都没有。

"啊？这是什么地方啊？"

旁边也就一两户民宅，连个人影都见不到。我不知道是怎么回事，于是下车打探情况。正好有一部皮卡从我身边经过，开车的是个猎人，后斗里还载着猎犬。我向他打听民宿的位置，发现自己完全走反了。后来到了民宿，我把这件事说给老板娘听……

"啊，是吗？也有其他客人和你一样。导航仪不好使，半路上打电话来问，你们家在什么地方。这是常事。"

帐篷周围

说起来真有点儿不好意思，下面要说的又是我自己的亲身经历。我对阿仁地区山野猎人的取材，已经持续了二十五年。刚开始没有经费，常常是搭个帐篷就睡在山里了。

我常常把露营的位置选在从荒濑村前往阿仁滑雪场的半路上。这条路位于阿仁矿山的中心，有很多采矿的地下坑道一直延伸至滑雪场附近。如今，仍然随处可见矿井的名字和小推车专用道留下的痕迹。附近还有一个山谷，被矿山里挖出的大量土石给填平了，现在就是一片开阔的空地。附近菖蒲园举行赏花活动时，会被用作临时停车处。其他时候这里非常安静，几天都见不到一个人。

一年秋天，我像往常一样在那片空地搭帐篷，然后外出搜集素材。工作结束时已经傍晚了，我返回露营地，点起篝火，喝了一小壶兑了热水的烧酒，这是我睡前的习惯。九点过后我就钻进帐篷准备睡觉了，为第二天的工作养精蓄锐。

地面又硬又凉，就算隔着一层泡沫软垫也并不轻松，根本没办法睡得很舒服，常常处于一种半睡半醒的状态。也不知道几点钟，一阵响动打搅了我的浅睡眠。

"嘎吱嘎吱，嘎吱嘎吱。"

就在我帐篷外面，听上去像是什么的脚步声。

"是什么呢？会是狐狸吗？"

那声音绕到我头的位置停了下来，略带喘息，百分之百是动物。我心里犯嘀咕搞不清到底是什么，要是熊的话可不太妙……于是，我拿上手电筒和猎人专用的砍刀，走到帐篷外面，把四周和附近的杂草丛都照了一遍，可是什么都没发现，只好钻回帐篷继续睡觉。

"嘎——吱，嘎吱。"

我又被那个声音吵醒了。这会儿已经能大致看清帐篷里的状况了，好歹天快亮了，我在微光中又闭上了眼睛……

"嘎吱嘎吱，咔嚓咔嚓，呼呼呼呼，沙沙沙沙。"

和昨晚不同，这次出现了好几种声音。我仔细听后，脑海里浮现出一个画面，大约是附近的人遛狗经过，看到这里支着一个没见过的帐篷，所以走近侦察了一下。我没有完全清醒过来，想再睡会儿，不过转念一想还是和人家打个招呼比较礼貌。于是，我从睡袋里出来走到帐篷外面。

　　天已经亮了，外面什么都没有，也没有人。真是太奇怪了，也没有什么东西刚离开的迹象。我怎么想都觉得旁边的草丛里应该有狗和人啊……

＊＊＊

　　第二年初夏，我把帐篷支在了比立内河的河滩上。这地方距离村子有些距离，一般开车经过林间路是发现不了的，所以也少有人来。周围非常安静，还有清澈的河水从身边流过，我简直如获至宝。不过，天黑了之后这地方就不好辨认了。如果是晚上从打当温泉那边回来，想找到走下河滩的小路都很困难。

　　通常我在帐篷里住到第三天，疲劳感就会达到顶峰。可是不管再怎么累，躺在坚硬的地面上还是很难熟睡，如此一来不但疲劳没有缓解反而感觉更累了。那天我照常熄灭篝火钻进睡袋。不知道过了多长时间，我突然睁开眼，周围还很昏暗，我对着帐篷顶看了一会儿。

　　"现在几点了，离天亮还早吧？"

　　就在我瞎琢磨的时候听到一阵声响："抠哧抠哧！！"

　　声音很大，把我吓了一跳。几乎是同时，我感觉肩膀被什么东西给抓住了。我先是一惊，然后发现我头所处的这头，帐篷被戳破了，有一双大手……

"呃——"

我吓得几乎失声。这是什么？到底是什么啊！！我拼命想把那双手拽开，可是它的力气太大了，我根本就拽不动。

那双手是想把我从帐篷里拖出去。我手脚并用，拼命挣扎反抗着，可是完全没用。这样下去太危险了，有可能小命不保啊！因此，我使出了全身的力气大声喊了出来：

"啊！"

瞬间，那双手松开了，我赶忙挣脱了它，一跃而起。

彼时，帐篷里只能听见我喘粗气和外面流水的声音。

"手……手呢……"

差一点儿就把我拉出帐篷的那双手，不见了！而且，帐篷上不是应该有个大口子吗，也没有了！

"梦，是做梦吗，刚刚？"

我完全被搞糊涂了。明明帐篷随着一声轰响被戳破了，一双手伸了进来。难道是梦吗？

这也许只是个梦，但是那双手掐入我肩膀的感觉却很久都没有消失。那以后我再也不睡帐篷了，直接睡在车里。自从改睡在车里，不管我把车子停在怎样的深山老林里，都没再遇到过任何不可思议的事了。

梦幻的白色群山

关于世外桃源和幻影之家的故事，因为《远野物语》[1]
而广为流传。大都是讲主人公突然误打误撞进了一个从未
见过的村子或一位得道高人的住所。

类似的故事我在宫城县的七宿町也听人讲过。那是一
位在镇子中心经营民宿的老婆婆，她小时候的经历。

一天她放学回来，和附近的小伙伴一起去玩。她俩
是要上山去，本来村子就在山里，孩子们上山玩也很稀
松平常。春天新绿飞上枝头，去山上采野花找山草莓。
夏天在山溪里游泳嬉戏，泡个透心凉。秋天总有采不完
的野果，吃不够的山葡萄。这就是大山里孩子的日常
生活。

1　流传于日本岩手县远野乡的民间传说故事集。讲述者为远野
　　人佐佐木喜善，由柳田国男亲笔记述。初版于 1910 年，堪
　　称日本民俗学的开山之作。其文体简洁，内容醇厚，一直受
　　到众多作家和文学爱好者的喜爱。

那天，和往常一样，她们沿着熟悉的林间路往山上走，不知不觉就走进一片开阔的区域。

"咦？这地方以前怎么没见过？"

虽然是山里，但那地方光线很好。七宿一带少有这样平坦宽阔的空间，有点儿像是学校的大操场。不过最让人吃惊的还是……

"周围的山全都是雪白色的。不是雪景，就是一片纯白。一棵树都没有，我从来没见过那种景色。"

不管眼前的景色有多么不可思议，对于孩子们来说只是个新奇有趣的地方，她们开心地玩到太阳下山。

"以后这儿就是我们的秘密乐园了，不许告诉别人！"

两个人还兴奋地拉钩约定，然后就各自回家了。

晚上，躺在被窝里，小姑娘越想越觉得不对劲。那里为什么会一棵树都不长呢？为什么会有那么白那么明亮的山呢？还有，为什么我们会玩得那么开心呢？这是她有生以来最不可思议的快乐体验。她多想赶快天亮，赶快放学，赶快再去一次啊……小姑娘想着想着就睡着了。

第二天，她和平时一样去学校，和平时一样上课下课。放学之后她和朋友相互使了个眼色，两人飞奔回家，放下书包就一起往山上去了。

"咦？好奇怪啊！"

"嗯，不是这里。"

两个人从昨天的那条林间路进山，可眼前是那些从小看到大的景色。她们两次返回确认，百分之百就是昨天那条路，没错的。昨天走了大约二十分钟就看到了那个纯白色的乐园，可现在只剩一片郁郁葱葱的森林伸向远方。

"就只有那么一次，我们走进了白色的群山。虽然不知道那到底是什么，但我们真的非常开心。真想再去玩一次啊！"

梦幻的白色群山，少女们确实在那里度过了愉快的时光。

为什么左右颠倒了

　　要是人突然分不清自己的左右手了，肯定会很混乱吧。在大山里，就时常会出现这种令人匪夷所思的情况。

　　这是我听那须高原的一位老人说的。

　　老人三十来岁的时候参与狩猎的热情很是高涨，只是后来对日本政府日益严苛的《刀枪法》非常抵触，就不再打猎了。不过他一直坚持山溪垂钓，如今已经八十五岁的他还常常一个人进入深山，绝对是个不折不扣的铁汉山民。

　　有一次他与前辈猎人一起进山。进山的路他们都很熟悉，不知道走了多少次了，可是那天却遇上了怪事。本来应该右转的路口，前辈偏要左转。

　　"往那边走就反啦！"

　　他提醒前辈路不对，可是前辈完全不理会他的话。谁让人家是前辈呢，不情愿也得跟着走。过了一会儿，明显已经是南辕北辙了，前辈这才发现是自己走错了路。

"哎呀，这是怎么回事啊！我好像把左右看反了……"

在常走的路上搞错左转和右转，这是大山遭遇中最常见的一类。明明已经和本来要去的地方背道而驰，却还是执迷不悟。

不过，听那些有类似经历的人跟我讲，遇到这种情况大多并不是因为路线不熟或视力不好。比如说有人出村不久，就找不着北了；要在平时，方圆几里地闭着眼睛都不会走错的。所以经历过的人都众口一词：是狐狸捣的鬼。

* * *

其实，我自己也把左右搞反过，只有那么一次，小时候在家附近。时过境迁，那种不可思议的感觉却始终留在我的记忆里，直到今天还很清晰。明明是回家的方向，可怎么看都觉得不对劲。我仔细观察周围，发现所有的景象全都左右颠倒了，如同出现在镜子里一般。本来应该在右边的教堂跑到了左边。我开始担心这么走下去能不能到家，可是身边的父母还是照常走着。没过一会儿我就看见家了，而且周围的景象也恢复了往常的样子。这件事我一直都没想明白，实在有点儿离奇。

那时候我要是一个人会怎么样呢？说不定就是我被狐狸骗的一次宝贵经验了。

可怕的访客

　　岩手县二户市的净法寺町，是与青森县的田子町相邻的山区，也是日本最大的漆器产地。此地有一座名为天台寺的古刹，被公认为是东北地区历史最悠久的寺院。

　　A女士就在天台寺附近的福利院工作，她是从关东地区移居到净法寺的，本地没有亲戚。她搬到这边一开始住的地方，说是森林也毫不夸张。下面要讲的事就发生在她刚住进去没多久的那段时间。

　　"那地方空气清新，风景也不错。不过就是老出怪事，夜里会突然听到婴儿的哭闹声。"

　　一天夜里，A在睡觉，外面突然传来一阵哭声，那是婴儿的哭喊声。

　　"猫叫有时候也和婴儿的声音很像啊……"

　　"不，绝对不是那种感觉。那声音已经哭得声嘶力竭了，实在很反常我才被吓了一跳。这半夜三更的怎么哭得这么惨啊？"

那婴儿的啼哭声持续了很长时间，听得让人心疼。A
有些担心，第二天早上向住在附近的人打听。

"那是狐狸！"

"狐狸？"

听当地人说，正是狐狸母子诀别的时候。狐狸父母把
小狐狸从巢穴里赶出去，小狐狸不愿离开拼死返回，而父
母还是用尽残忍的手段要将它轰走。A听到的就是小狐狸
发出的叫声。

狐狸母子诀别，如果小狐狸执意返回，的确会遭到父
母的攻击。小狐狸伤心的样子让人心生怜惜，民间传说也
有不少以此为素材的。不过，若真是母子诀别，小狐狸被
轰几次也就走了，不至于在半夜里发出婴儿啼哭般响彻山
谷的惨叫啊。江户时代的《妖怪图卷》中曾提到河婴与山
婴的存在，A说的不会和这些属于同类吧？

* * *

A女士属于那种能听到看到形形色色奇怪东西的体
质，但她都尽量不对外人提。理由很简单，那样会被别人
看作异类……

我们再来听一个A的故事。

一天A在福利院上班，偶然间朝窗外看了一眼，发
现有个人蹲在那儿。不清楚那人在干什么，便停下来看

了一会儿。她发现那人好像身体不太舒服，于是汇报了领导。领导出去一看，大门口果然蹲着一个女人。

"你怎么了？有什么不舒服吗？"

女人点点头。

"你这是要去哪儿啊？"

"我想去车站。"

"车站？啊，我正好去那边，开车载你一程吧。"

面对好心人的帮助，那女人只是摇了摇头。

"真是个怪人啊，我要送她，她又不让。"

自己的好意被拒绝，领导不免有些失望，一个人走了。

下班前，A做一些收尾工作。突然，她感觉背后有人，回头一看原来是刚才那个女人，她正隔着窗户盯着她看呢。那女人脸色很难看，阴森森的。A不放心，打开了窗户。

"你怎么了？"

那女人盯着A看了半天才开口："那个……能不能还是麻烦送我去车站。"

A心想，你刚才直接坐领导的车过去多好。不过看那女人脸色真的很差，而自己正要去车站接孩子，就答应了。

"那行，我开车带你去吧。请稍等一下，我收拾完就可以走了。"

她急急忙忙把东西收拾好，锁了门就跑去开车。

"哎呀，她一上车我就后悔了。这个人简直太奇怪了。"

那女人坐在副驾驶的位置上，一直在和人说话，但又不是 A。

几天后，A 又碰见了那个女人，这次她看起来和之前不同，完全没有那种阴森森的感觉了，很正常，也很开朗。

她说："前几天实在抱歉了，我有时就会变成那样。"

"哪样？"

"能听到一个声音。那天也是它和我说'让那位女士送你'。"

她还说什么当时有一位身份高贵的人来了，当然 A 肯定是什么都没听到了。

* * *

净法寺一带习惯管来历不明的东西叫作"恶魔"。据说孩子们不听话的时候，大人只要说"恶魔要来了"，孩子们都会吓得直哆嗦。这里的"恶魔"有点儿像男鹿半岛生剥节上的鬼面，不过又没有特定的形象。总之，就是一种来历不明、阴森可怕的东西。

"这儿说的恶魔，听说好像是从蒙古那边传来的。"

"蒙古？"

"是啊，不知道是什么东西，总之很可怕。不知道怎么就和蒙古联系到一起了。"

来历不明的恶魔，那些家伙一定会来的……怎么听起来就跟恐怖电影似的。

天川村事件

　　奈良县的天川村位于吉良町往南不远处，是个地势较低的小山村。村子紧邻一座海拔近 2000 米的高峰，每到冬季都会有很厚的积雪。此外，天川村历史悠久，作为役行者（役小角）开创修验道的所在地而为人们所熟知。在村中心大峰山登山道的入口处立有一座女人结界门（女性禁止通行），表明这里是一处修行场所。据说这还是一处灵异之地，不仅日本国内，还有许多来自世界各地的灵异人士到访此地。

　　"就算是经常来的客人，也会一走进这里就开始头疼，感觉全身被捆绑着喘不过气来。我反正从来没有过这种感觉。"

　　和我说这些的是在洞川地区经营旅馆的柳谷礼子。

　　洞川一带有不少温泉旅馆，去大峰山登山参拜的人大多在这里投宿。龙泉寺位于洞川的中心，被视为神圣之地，所有去大峰山参拜的人都必须在这里沐浴净身。寺院的入口处也有一座女人结界门，有不少人说自己走到那儿就会觉得浑身不对劲。.

"你说狐火吗，我们这儿没有这种叫法。但我在寺院旁边的墓地和桥上都见过。"

柳谷说的地方从旅馆出去就能看见，是小溪上的一座红色的桥。

"是这儿吗？就这么近？"

"是啊，就在这座桥上，飘飘忽忽地飞在半空中。"

我问她是什么季节，以此确定不是萤火虫。据说是一个不可思议的火球在空中缓慢地飞来飞去。

* * *

听柳谷说，洞川地区也有狐狸的故事。

"那差不多是五十年前的事了吧，一个高我一级的学长突然不见了。"

一天下班回家，他吃完晚饭就溜达去了附近的小酒馆。虽说是在大山里，但是周围温泉旅馆林立，还算是个热闹的地方，天色渐暗依旧人来人往。他一向都不怎么能喝酒，那天也和往常一样，只点了一小盅，和附近的邻居聊了一会儿就离开了。

"那之后就不知道他去哪儿了，大家找遍了所有地方，也没找到……"

第二天清早他才被发现，一个最先到学校的学生发现他倒在操场上。

"他死得很蹊跷，本来是个不怎么喝酒的人，不知道为什么会出这种事？村里人都说是被狐狸给害的。"

* * *

还有一件类似的事情，在附近玩耍的两个男孩突然不见了。全村人都慌了，大家把周围翻了个底朝天，还是没看到两个孩子的踪影。天黑了都没找到，所有人都惴惴不安地等待着天亮。第二天村民们加大了搜索范围和力度，但仍旧一无所获，大家开始有些灰心了。

"就这样，两天两夜都没找回来，没想到第三天在深山里找到了。真是难以置信，小孩子怎么会跑到那种地方去……八成也是狐狸捣的鬼。"

去山里摘野菜的老人失踪也不算是新鲜事。我感觉只是单纯的迷路而已，但当地人觉得狐狸脱不了干系。他们在山里找人时的呼喊方式倒是很特别。

"还给我们吧！还给我们吧！"

村民们一边呼喊着"还给我们吧"，一边拼命寻找失踪的伙伴。我很好奇，这句话到底是对谁，对什么喊出来的呢？

* * *

"说起来，邻居家姐姐也走失过一次。"

礼子的女儿想起她很小的时候，邻居家姐姐突然不见了。当时也是全村出动，把能找的地方全都找遍了，可就是没有。

"当时周围的大人全都急得火烧眉毛了，我记得特别清楚。"

最后还是找到了，竟然就在村子里。

"她就待在房子和房子之间的小夹道里。"

大伙儿拼命找遍了整个村子，可这孩子就像是进到了真空里。到底是因为自己给大家添了麻烦，不好意思出来，还是有其他什么原因，最后也没人弄明白。

"那肯定也是被狐狸或狸猫给耍了。"

听礼子说，洞川地区大概十五年前也发生过类似的事。一名成年女性晚上突然不见了，惊动了全村人，到处找也没找到。

"几天后才找到，就在村头的桥底下。谁也没想到她会待在那个地方……反正大家都说她是被狐狸给耍了。"

回来的人

　　住在新潟县鱼沼市大白川一带村里的浅井正子，一直都热心于民间故事的传承活动。

　　"过去没有电视，只能听故事。在我们家，奶奶每天会讲各种各样的故事，我就是听着故事长大的。不过听着听着我发现，虽然是同一个故事，但是和前一天讲的有点儿区别。我就问：'奶奶，怎么和你昨天讲的有点儿不一样啊？'奶奶马上说：'那我以后不讲了。'我吓得赶紧向奶奶道歉，说自己再也不说这种话了，让她接着讲。"

　　大约是二十年前吧，正子的朋友去山里挖竹笋。那人开着摩托车到了平时常去的一个地方，把车子停在林间路上就进山了。在积雪覆盖的山村里，竹笋是春季最宝贵的食材，无论是火锅还是煮菜，竹笋都是不可或缺的，因此也成了当地百姓一个不错的收入来源。

　　挖竹笋虽说是小孩都能完成的简单工作，但是却很容易迷路。因为挖笋的人一心只顾着看脚底下，在草丛里走着走着就搞不清楚方向和自己所在的位置了，不过那次好像不太一样。

"那人迷失了方向，怎么也回不去。他在山里乱转，结果走到一个莫名其妙的地方，遭了不少罪。他估计也是被狐狸骗了。"

"挖竹笋不是会经常迷路吗？"

"那次不一样。我听他说，本来是白天，可是周围突然变黑了，他一时间什么都看不清楚，这才迷了路。那天他带了煮的炸豆腐当午饭，看来带那种东西进山真的容易把狐狸给招来啊！"

听说那人好不容易才回到村里，摩托车是几天后才取回来的。

*　*　*

正子五岁的时候父亲就去世了，所以她几乎没有什么关于父亲的记忆。

"因为那会儿太小，父亲的事我都不记得了。不过母亲和奶奶说的好些事我倒还有印象。"

父亲刚去世不久的一天，正子、母亲和奶奶围着炕炉吃晚饭，听到外面传来开门的声音，以及不知道什么东西发出的"嗵"的一声。

"啊，是孩子他爸回来了！"

"是啊，好像是回来了。"

正子听着妈妈和奶奶的对话，觉得非常不可思议。父亲生前在山里烧制木炭，每天工作结束回到家的时候，他把饭盒放在大门口都会发出"嗵"的一声。那时候正子还小不懂事，可是母亲和奶奶却很清楚。

父亲去世之后，一家人的生活变得非常艰难。想必他是担心孩子过得不好，所以才要回来看看吧。

* * *

福岛县的桧枝岐村位于尾濑国立公园入口的位置，每年都有很多游客来这里观光。此外，这一带有狩猎的传统，山野猎人的狩猎技艺也是从阿仁地区流传过来的。星文女士在桧枝岐村经营民宿，下面就说一个她的故事吧。

"现在来的人多了，我小时候哪见得着这些背包客啊。那会儿偶有人来登山，大家都会好奇地跟在后面。"

静谧的小山村被积雪覆盖得严严实实的，听说这里也常有不可思议的光在空中飞来飞去。当地人管这个叫光球，还传说看到这个东西就会有人去世。

"我家不远处有个羊圈，那会儿养羊是为了卖羊皮。有一次光球飞到了羊圈那边，我跑过去看。结果，没过一会儿附近有个孩子掉河里淹死了。这可把我给吓坏了，那时候还小嘛，一听说死人什么的就觉得特别恐怖。后来晚上上厕所都不敢一个人去，非要把我爸或我妈叫醒了陪着我一起去。现在家家户户都有电灯，也没人再害怕上厕所了。"

阿文小时候家里没通自来水，她每天负责去近处的河里挑水。后来，有个人掉进那条河淹死了，阿文就再也不敢去打水了。

*　*　*

差不多十年前，阿文的邻居遭遇了一次车祸。他的车在公路上和一辆迎面开来的车相撞了。车子基本报废了，光看破损程度，就知道车里的人肯定伤得不轻，可他却毫发无损。

警察和消防员都赶到了事故现场，忽然有人问：

"另外一个人去哪儿了？"

说话的是目击者，车祸发生时他就在附近。听他这么一说，警察就问：

"是不是被救护车带走了？"

"另外一个人？没人和我一起……就我一个人开车。"

"不对，还有一个人，我明明看见他就坐在副驾驶位置上。"

明晃晃的大白天，那人清楚地看见副驾驶座位上坐着一个人。

"他听到后好像突然明白了。'啊，那应该是我爸爸！'一定是刚去世没多久的父亲在保护他吧。"

* * *

这是最近发生的事。阿文有个熟人，丈夫很早就去世了，她和儿子两个人相依为命，后来最疼爱的儿子也年纪轻轻的就走了，她的人生只剩下绝望。阿文听她说，儿子去世之后她常常听到楼梯和走廊上有脚步声。她觉得是儿子回来了。

"她儿子喜欢摄影，一直很爱惜自己的相机。他去世后，母亲把相机放在佛龛里，没想到相机自己动了。"

"真的动了？"

"是，说是镜头自己动了。"

那肯定是单反相机的变焦镜头，据说设成变焦摄影，镜头转接环就会自动伸缩。

"所以啊，我时常对佛龛祷告，希望家人都能平平安安的。我还告诉小孙子，出去玩之前一定要在佛龛前合掌拜一拜。"

* * *

阿文三岁那年她父亲死在了大山里，是和朋友们一起去打猎时出的事。

"他们去山里夜捕，遭遇了雪崩。"

夜捕就是半夜里去打大飞鼠。大飞鼠是一种夜行动物，冬季山林里树叶都落尽了，尤其赶上月圆之夜，绝对是捕猎大飞鼠的最佳时机。

那天阿文的父亲像平时一样，和村里的猎友一行五人白天就进了山。他们搭了一间临时小屋，计划接下来几个晚上都在寒冷的山林里寻找机会射杀大飞鼠。可是他们刚进山不久就遇上了表层雪崩，只有一个人因为受到正面冲击被风吹跑了，没有被卷进雪里，而是顺着山坡滚了下去。周围渐渐安静下来，他拼命呼喊着其他同伴，但是没有听到任何回音。他意识到自己一个人什么也做不了，就连滚带爬地回到村里求救。

"全村人出动去山里搜救他们，我父亲是第一个被找到的，那时候天还亮着，可也没用了，人已经救不回来了。大家还想继续寻找其他几个人，但是天越来越暗，搜救无法再进行下去。"

第二天，其他几个人也都相继被找到。据说他们被发现的时候已经面目全非了。这几个猎友的年纪差不多，家里的孩子也大多同龄，阿文他们几个人每年都会在同一天祭奠自己的父亲。

"我叔叔，就是我父亲的弟弟，过了好多年我才听他说起，父亲出事那天，我有一些奇怪的举动。"

那天只有三岁的阿文快步走近佛龛，拿一炷香在手里，又走到炕炉边，把香插进炉灰里，然后双手合十。叔叔看到阿文的举动非常吃惊，孩子还这么小，平时别说在佛龛前合掌参拜了，就连香都立不好。没过多久，阿文爸爸出事的消息就传来了。

"我叔叔觉得很不可思议，他觉得我肯定是知道了什么才会那样做。可是一个三岁的孩子怎么可能知道那些事，我反正是一点儿都不记得了。"

被定住的老头老太太

宫城县的村田町与藏王连峰离得不远，属于严寒地带。在那里务农的佐藤民夫曾见过不可思议的光亮，那大概是二十年前的事了。

"是一天傍晚，在山那边看到的，差不多有这么大吧——"

民夫边说边用两只手给我比画，看起来直径至少有一米多。

"真够大的呀！"

"是啊，把周围全都照亮了呢。有多长时间呢？对了，差不多飞到二十米的高度就消失了。"

按民夫说的，时间是傍晚，天色已经渐渐变暗，这时出现了一个很大的光球把四周都照亮了。不是半夜都能把周围照亮，可见那东西能量不小。听说民夫的奶奶也见过和这个差不多大小的光球。

"那天一大清早，我奶奶去市场送蔬菜。差不多凌晨四点钟吧。"

天还没亮，奶奶背着装满了蔬菜的筐子步行去批发市场。半路上有一个墓地，虽然是常走的路，但是每每经过都让人不太舒服。还好那天是和五个邻居一块儿去的，人多也就不觉得害怕了。可是……

"你们看……那个……那个！"

走在前面的邻居老头突然停住脚步，定在那儿不动了。后面的几个老太太不知道出了什么事，也都不聊天了。她们往老头那边一看也都吓了一跳，老头旁边的墓地有个直径一米多的大火球燃烧着。

"听我奶奶说，当时她们一帮老头老太太都被定在原地动弹不了。狐火吗，没听人提过。你说的被狐狸骗那种事，八十岁以上的老人倒是经常有，不过全都跟喝酒有关系。我们家没人喝酒，所以从来没人遇到过。"

不喝酒的民夫和奶奶，以及邻居家的老头老太太都见到了神秘的巨大光球。

"日本是一个火山国家，本来磷矿石就比较多。由于地形和天气等多种因素，气体聚集燃烧也不奇怪嘛。"

磷燃烧是一种人们常常提到的自然现象。如今还有一些农村仍然选择土葬，久而久之被掩埋的尸骨释放出磷，高温下遇到空气就会自燃。一般认为夏季湿气比较重更容易出现这种现象，不过自燃真的能形成那么大的火球吗？

积聚的磷化物会这样一边呼呼地燃烧一边在空中飞吗？一般磷形成的可燃性物质很快就会燃烧殆尽，很难想象它能持续几十秒一直飘在半空中发出耀眼的光芒。

到底是什么在发光？至今仍是个不解之谜。但这个现象的确存在，尽管不同的地区有不同的解释版本：有的说是狐狸的法术，有的说是人的灵魂，还有的说是不祥的预兆等。而这些发光体的大小、颜色和出现方式也都千差万别。不过，也有一些不相信的人会完全否认这种现象的存在。

＊＊＊

民夫不可思议的经历仅限于神秘的光球。我问他听没听过灵魂这一说法……

"这倒是经常听说，我还认识一个有第六感的人呢，可神了，能预知未来什么的……"

民夫说的这个人是他妻子的朋友。一天她和民夫的妻子走在路上，本来是直着走的，可她突然调转角度走出了一个半圆形。

"怎么了？"

看到朋友如此怪异的举动，民夫的妻子忍不住问。

"哎呀，那边有个吓人的东西……"

妻子回头看了看，刚走过的那条洒满阳光的小路和平时没什么两样。而朋友特意躲开的地方，别说什么吓人的东西了，就连只青蛙都没有。不过，她并没有再追问下去，因为那个朋友好像有感知灵魂去向的超能力。

在那之前，妻子和这个朋友从一户人家门前经过……

"这家马上要发生不幸的事。"

朋友小声嘟囔了一句，结果没过三天那家真有一个亲人去世了。大家都是街里街坊的，如果哪家有人生了重病，民夫的妻子肯定会知道，但是那之前却毫无预兆。

类似的事经常发生，所以听朋友说自己躲开了"吓人的东西"，民夫的妻子也就不再问了。

寺院与灵魂

岩手县西和贺町的泽内村，是远近闻名的山野猎人的聚居地。村里的碧祥寺是四百年前一位出家的武士创建的。寺内有一座博物馆，收藏了很多关于山野猎人的珍贵资料，非常难得。碧祥寺与山野猎人渊源很深，接下来就说说这里的故事。

"前任住持的夫人曾说过，如果寺院的信徒去世了，消息传来之前大多都会有预兆。正殿里本来是没有人的，但是突然响起了吧嗒吧嗒的声音，像是有人进去了。但凡出现这种情况，过不了多久就会有死讯传来。"

据说信徒去世后第一时间通知寺院的做法是泽内村的惯例。村里有这样一座颇具规模的寺院，此地的百姓也大多是极为虔诚的信徒。

"我奶奶住院的时候一直不停地念叨'赶紧给我换一个有佛龛的房间'。"

人在医院去世之后，要将遗体送回家中，而灵魂大多会先行一步。亡灵归来对于亲戚朋友们来说并不是一件令人害怕的事，但在孩子们眼中却是极为不可思议的。

* * *

村里发生过类似的事。

"那还是上上代住持在任期间，他没有子嗣，所以决定将亲戚家的二儿子过继过来当养子。"

这个男孩上小学后就进入寺院修习佛道，这是为了让他能尽快适应寺院的生活，毕竟他将来要接班做住持，这么安排顺理成章。

慢慢地，他习惯了寺院的生活。有一天他和住持两个人待在寺院的厨房里，住持突然起身对他说：

"你跟我来！"

男孩乖乖跟在后面来到寺院的正殿。这会儿也不是念经上课的时间，带他来这儿干什么呢？男孩心里纳闷。住持一边敲太鼓一边念起了佛。尽管他觉得很奇怪，还是双手合十也跟着念起了刚学会的阿弥陀佛。大殿恢复了寂静，而住持自始至终什么都没说。男孩实在好奇，就悄悄问了家里人……

"那个啊，应该是去世信徒的亡灵来报到了吧。"

亡灵……男孩本来就觉得寺院特别阴森恐怖，再一听这个词就更难以接受了。他本打算尽量克制住恐惧做好自己分内的事，可是……

"八成他是看到来寺里的灵魂了。"

一天他感觉有人进了正殿，就回头一看……

结果，男孩当天就跑回家了，再也没回来。我倒觉得可能是因为他已经融入了寺院的生活节奏，所以才能看见灵魂。

* * *

西和贺町汤田地区的高桥仁平（八十七岁）是一位前不久才封刀的老猎手，他给我讲了一个他奶奶去世前后的事。

"我奶奶在临终前，突然把手从被子里伸出来，举在半空中像是在抚摸什么似的来回动。"

家人见奶奶这样奇怪的举动，就凑上前去询问……

"啊，有这么多冰冻年糕啊！"

奶奶念叨着，嘴角似乎还带着笑。

"冰冻年糕？在哪儿？"

冰冻年糕是寒冬时节冰冻后再风干的一种年糕，它是北方地区特有的干燥食物，非常便于保存。冬天房间里挂着的一串串冰冻年糕，也像是这季节里一首动人的风物诗。当然，病床上的奶奶眼前什么都没有，那几句简单的交流后，没过多久她就永远地离开了亲人们。

"我们通知了亲戚和一些熟人参加葬礼。忘了是守夜当天还是那之后了，我和奶奶的朋友聊天，她说起冰冻年糕，把我吓了一跳。"

冰冻年糕大多会挂在落不上雪的杂物间或房间的角落里。奶奶的朋友那天坐在几串就快做好的冰冻年糕下面缝补衣服，突然听到头顶上有声音，她抬头一看……

"我看到挂着的冰冻年糕正哗啦哗啦地摇晃呢。真的好奇怪啊，也没刮风，就算外面刮风了，这关得严严实实的房间也吹不进来啊。"

听她说冰冻年糕就像是在被什么人抚摸着一样来回摆动。

"啊，我这才明白，奶奶临死之前说的冰冻年糕应该就是这个了。"

"那个人是你奶奶的姐妹或亲戚吗？"

"不是，完全没有血缘关系，就是一个普通朋友。"

仁平奶奶生前好像特别喜欢那家的冰冻年糕。她去世前发生的这件事，准确地说应该只有她的灵魂才能做到吧。

"灵魂？啊，我见过！"

仁平又给我讲了他见过的灵魂，那可真把我给听傻了。

会飞的女人

那是 1943 年的事了，当时刚十六岁的仁平加入了村里的青年会。战争年代，到处都采取着极其严苛的军事化管理。

"有段时间我们青年会的人被要求集中住在小学的礼堂里，就跟军训差不多。"

那间小学有东西两个礼堂，青年会的人都集中在西边的礼堂里开展活动。

"有一天晚上我值夜班，就是站岗、不能睡觉那种。"

那天是仁平和朋友两个人一起值夜班，他俩整个晚上都要负责在周围巡逻。其他同伴早就在礼堂里睡着了，他俩也一边揉着困倦的双眼一边期待天快点儿亮。

"半夜里，我们听见走廊那边有声音。咔嗒咔嗒咔嗒，听起来像是有人起夜去上厕所。可这家伙就这么跑出去了？"

住在礼堂是军训的一部分，所以就算是去小便也不能擅自行动，必须先打报告才能去。仁平他们赶紧跑去走廊那头，打算把那个冒失的家伙给揪出来。走廊是连接东西两个礼堂的，厕所就在走廊中间的位置。他俩摸黑往那边走，半路就听见厕所小隔间的门响了一下。

"果然有人随便跑出来拉屎。到底是谁啊？"

仁平他们气势汹汹地靠近厕所，想抓住那个不守规矩的家伙好好教训一顿。就在这时，他们看见一个人影从里面出来，两人顿时都站住了。

"是一个女人！从小隔间里出来的是个女人！她脸有点儿长，头发简单扎了一下。"

这地方明明只有男的，突然看见一个女人从厕所里出来肯定很惊讶，可是惊讶很快就变成了惊恐。

"脚……那个女人没有下半身。"

没有脚的女人就那么飘飘忽忽地飞过走廊，朝着西边礼堂去了。仁平他们早已吓得呆若木鸡，回过神来赶紧追着那个女人进了礼堂。

"大家都在睡觉，那女的就在上面飞来飞去。"

礼堂里一片寂静。在这群年轻人上面盘旋了一会儿后，那女人就消失了。而仁平他俩已经睡意全无，直到天亮两人都还在发抖。

"啊！那个呀！你们也看见了？那不新鲜，大家都知道。"

几天后，他们把那女人的事和学校的人说了，竟然没有一个人感到吃惊。学校里的人都知道有这么个女人，只是外人不清楚罢了。

"一个说法是，学校是在一片墓地上建起的。"

过去都采用土葬，年头长了有不少没有亲人认领的坟墓，建校时肯定没有移走。

"同学们也都知道这个事，而且厕所里有一个小隔间特别干净。"

"就一个？"

"是啊，那女人总是从同一个小隔间出来，久而久之谁都不敢用，所以才特别干净。"

如今连学校都拆了，那个独占小隔间会飞的女人哪还会有几个人知道。

***

仁平还给我讲了另一个故事。上篇中提到的仁平奶奶，就是喜欢冰冻年糕的那位，生前是产婆。一天她去附近的温泉泡澡，走在狭长的山路上，忽然看见前面有个人影。

"是谁啊，在这地方。"

走近了一看，原来是个不认识的年轻女人蹲在路边。

"你怎么了？不舒服吗？"

奶奶见那女人肩膀上下起伏喘着粗气，于是上前和她搭话。

"孩子……孩子要生了，帮帮我！"

在这地方生孩子，就算是产婆也觉得棘手，但是无论如何也要帮她一把啊。奶奶正琢磨有什么好办法，那女人突然打了个大哈欠。

"据说她张嘴的样子很不寻常，而更吓人的是她的嘴里竟然长了一排獠牙。"

奶奶看了之后，心想这肯定是只狐狸，吓得赶紧跑开了。奶奶后来琢磨过这事，怎么想都觉得不对劲。

"难道那狐狸知道她是产婆，才故意装成那样子骗她的吗？那又不是半夜，大白天奶奶也没喝酒。"

＊＊＊

与秋田县的阿仁地区一样，西和贺町也有很多狐狸的故事，大多是让人搞不太清楚的事。

仁平的猎友去横手市[1]买一种用稻草编的、外出时可将婴儿放在里面的暖笼。他把自己花大价钱买的暖笼小心

---

[1] 秋田县横手盆地东部的市。横手条纹布、印染和木制工艺品等是当地的传统产业。

翼翼地背在后背走出了店铺。

"你要走着回去吗？今天够呛啊，住一晚上怎么样？"

"我可是山野猎人，没问题的！"

"那就好，翻山的时候可要小心狐狸啊！最近有人被狐狸骗了掉进山溪里，千万别把你的宝贝暖笼给弄没了。"

好久没出来逛了，他没忍住，喝了一小杯才往家里走。

"哼！什么狐狸啊，真无聊，我怎么会被那玩意儿骗呢！有狐狸更好，正好抓回去做个狐狸皮垫子。反正我是不会被骗的。"

太阳落山，天完全黑了下来，那人依旧快步走在山路上，很快就平安到家了。可是……

"虽说是到家了，可他怎么也不肯把背上的暖笼卸下来。而且，还一脸凶神恶煞地说：'你们都是狐狸，想骗我，没门！'"

不管家人怎么哄，他依旧气急败坏地说："你们都是狐狸！"实在没办法，他妻子找来几个平时和他关系不错的朋友，看能不能劝住他。

"他们不是狐狸，是你的家人。我们都可以证明。你就安心地把暖笼放下来吧。"

就这样，朋友们苦口婆心地说了半天，他才把暖笼放下，人也平静了一些。

"这事挺逗的。他害怕自己被骗都魔怔了，连自己家人都不信了。"

依我看这人还是被狐狸施了法术。狐狸就是看准了他特别害怕被骗才下的套，说起来还是狐狸的手段更胜一筹啊。

* * *

仁平还和我提到过一种不可思议的声音。

"那是 1947 年前后，我在山形县的矿山里工作。那时有个朋友的父亲在山里烧制木炭，这个怪事就是他和我说的。"

那位烧炭的父亲说，有人在半夜里砍树，听起来就在烧炭小屋的旁边，可就是怎么也找不着，这让他很疑惑。

"怎么会有这种怪事！"

在山里伐木本来就是一项很危险的工作，根本不可能在晚上进行。仁平觉得朋友的父亲肯定是睡得糊里糊涂，把别的什么声音听岔了。为了搞清楚在烧炭小屋里听见的声音到底是什么，他也进山了。

"那天我住在烧炭小屋里，睡得迷迷糊糊不知时间，突然听到外面有声音。'吱——吱——哐哐'，分明是使用锯子和挥动斧头的声音。紧接着，又清楚地听到大树倒地时发出的'咔嚓咔嚓——砰'的声音。"

好像真的有人在砍树，不过那个声音听起来有些诡异。

"那声音让人搞不清楚是近还是远，但确实有。感觉好像很近，又好像很远，真的很奇怪。"

仁平觉得这不是人干活发出的声音，他决定布置一个陷阱。一旦有猎物进入，承载了重物的板子就会从头顶掉落，将其砸中。仁平在小屋附近将机关安装妥当后，便时不时地前来查看。几天后，他发现机关被触动了，赶紧跑过去看……

"那下面压了一只狸猫，个头特别大，我从来没见过那么大的狸猫。"

从机关下面露出一只巨大的狸猫，仁平决定把它的皮扒下来做靠垫。

"那只狸猫可漂亮了，但特别臭。肉肯定是不能吃了，皮也是臭的，没办法做靠垫，最后只能扔了。"

不知道是不是因为这只大狸猫死了，据说那之后的晚上再也没听见砍树的声音。

回来的大蛇

关于蛇的故事前面也提到了一些。蛇本来就是山村里很常见的一种动物，不管你喜不喜欢，它总是会出现在你眼前，特别是那些位于山里的村庄，蛇跑进家里也不算什么新鲜事。

"蛇真是种不可思议的生物，它能顺着玻璃窗往上爬。你说那种滑溜溜的地方，它是怎么爬的？"

连玻璃窗都能爬，爬树对于蛇来说更是易如反掌了。住在福岛县南乡村的月田里次郎看见一条锦蛇钻进了鸟的巢箱（为方便动物筑巢人工制作的箱子）。那是他好不容易做的巢箱，而且刚刚有鹡鸰鸟在里面筑了巢。于是月田抓住那条锦蛇，把它扔到两公里外的树林里去了。

"第二天我去田里干活儿，吓了一跳。"

田边树上有一个巢箱，一条爬上了树的锦蛇想入侵巢箱。从大小上看，月田肯定就是昨天那条蛇。

"你说，我已经把它扔到那么远的地方了，怎么一天就爬回来了？！"

说着说着，月田竟然莫名其妙地佩服起蛇的脚力来。

＊ ＊ ＊

岩手县西和贺町的照井定子是温泉旅馆的女掌柜，她出生并成长在一个比较大的农户家庭，爷爷是一名山野猎人。接下来听听她的故事。

"我们家的大院里有个池塘，池塘边上出现过蛇。"

那可不是一条普通的蛇，听说比啤酒瓶子还粗。因为蛇的体形实在太大了，没人能对付得了。但是家里有小孩儿，放任不管的话又很危险。考虑再三，照井出钱雇了一个人来处理这条蛇。

"那个人对付蛇很在行，他抓住大蛇放进了一个斗大的坛子里，然后挑到神社，把蛇放了。"

可是，没过两天那条蛇又回来了，还是在池塘边活动。照井吓坏了，又跑去找那个人……

"那个人又把蛇带到了神社附近，不过这回他往坛子里放了蛋，还对蛇说：'这下你再回去也没用了。'"

那条蛇好像真的听明白了，之后就再没出现过。

＊ ＊ ＊

西和贺町是为数不多的深雪地带之一，从古至今有很多人因雪崩而丧生，而如何战胜雪害也成了当地人面临的最大难题。政府设立了雪国文化研究所，希望通过减小雪害的威胁来改善当地人的生存状况。小野寺聪是所里的研究员，他也曾遇到过一条奇大无比的蛇。

小野寺学生时代就加入了学校的登山俱乐部，是个十足的登山爱好者，经常一个人在大山里转悠。有一次他到东北地区的一座大山里垂钓，正准备往池塘里抛线，突然感觉身后的草丛里有什么东西在动。

"我很好奇，回头一看原来是条蛇。那家伙正往灌木上爬呢。"

小野寺虽然不大会对付蛇，不过常在山里走蛇见得很多。但是，眼前这条蛇可不是普通的蛇。

"那条蛇特别粗，我觉得比啤酒瓶还粗，看着就跟壮汉的胳膊差不多。"

蛇太大了，小野寺吓得拔腿就跑。等他穿过池塘边的树丛跑到登山道时，他才真正领教了那条蛇巨大的体形。

"当时蛇尾就在我旁边，距离头的位置至少有三米吧。不过想想那么粗的蛇，有这个长度也不算太奇怪……"

"是锦蛇吗？"

"不是，是赤链蛇。"

　　赤链蛇可不是一种大体积的蛇，要是比啤酒瓶还粗，体长三米，那真是够惊人的。赤链蛇身上的花纹很特别，属于过目难忘那种，小野寺这个大山专家应该不会看错。这山里真是什么怪物都有啊！

呼喊的人，走近的人

小野寺有个朋友，在一次溪流垂钓中溺水而亡。第二年，好友们聚在一起祭奠他。

"那天正好是他一周年的忌日，我们相约去了他出事的地方。大伙儿正聊天，突然有个人大声说了句：'我在！'"

本来他们低声细语地交谈着，冷不防有人这么无缘无故地大喊一声，难怪所有人都吓了一跳。

"什么啊？怎么回事？"

"咦？不对啊，刚才明明有人叫我的名字……就从那边传过来的。我过去看看啊！"

那人说着就把一脸茫然的朋友们扔在那儿，自己快步进山了。

"他说有人叫他，你们听见什么了吗？"

"没有啊，什么都没听见啊。"

搞不清楚状况，大家只能在河滩上傻等，没过多久那个人便回来了。

"嘿，看见什么人了？"

"没有啊！真是太奇怪了，刚刚确实有人喊我的名字。"

说着说着，大家好像回过神来了，觉得喊他的就是那个去世的朋友。

"一年前就是他把那个人的的遗体从河里打捞上来的，所以刚刚是那个人叫了他的名字吧。然后，我们所有人都双手合十，开始默默祈祷。"

* * *

小野寺住山林小屋时也遇到过怪事，一次是他和登山的同伴们在八幡平的山林小屋里借宿时发生的。

"当时预报有台风，大伙儿觉得台风天能住在山林小屋里一定很刺激，便进山了。现在想想真是够鲁莽幼稚的。"

他们趁着天还没变就爬上山，按计划入住山林小屋。山林小屋里空无一人，别说其他登山客了，连管理员都不知道跑哪儿去了。一想到台风天能在山林小屋里过夜，这帮人就跟孩子期盼过节似的，心扑通扑通直跳，有种说不出的兴奋劲儿。

"外面风越刮越大了，我们在小屋里喝了酒又笑又闹，玩累了就不知不觉睡着了……"

睡到半夜，小野寺被一阵响动吵醒了。

"嗵、嗵、嗵、嗵……"

听起来好像是有人正沿着小屋的楼梯往上走。那会儿风已经小多了，四周被寂静的黑夜笼罩着。

"嗯？是谁来了？"

小野寺彻底从浅睡眠中苏醒过来，他感觉那声音一直顺着楼梯往上，已经到小屋的门口了。

"深更半夜的会是谁呢，而且还冒着台风过来？"

怎么可能有人在这么恶劣的天气登山呢？的确有些不正常。不过，更奇怪的是……

"没听见开门的声音，感觉那人直接上了楼梯。"

一直到第二天清晨，也没人开门。不一会儿天就大亮了，他们几个做着下山的准备。这时候，突然有个同伴跑到小屋旁边的草丛里来回翻拣。

"你干吗呢？"

"不对，我觉得这里肯定有什么东西……"

他在周围的草丛里趸摸了一会儿，突然站住不动了。

"就是……这个吧？"

听他这么说，大家都跑过去看。那是一块长满了苔藓的遇难者慰灵碑。在场的人谁也没说话，其实大家都听到了那个神秘的脚步声。

* * *

另一件怪事是小野寺独自在某地的山林小屋里借宿时发生的。那天他早早就钻进了睡袋，睡不着就开始瞎琢磨……

"咄、咄、咄、咄……我听到爬楼梯的脚步声。"

虽然和之前在八幡平山林小屋里听到的差不多，但这次感觉不太一样。

"我听见了开门的声音，知道肯定有人进来了，心想可真够麻烦的，不过总要露面打个招呼吧。"

小屋里光线很暗，小野寺把头从睡袋里探出来朝四周看了看，却没瞧见人影。而且，按说门应该是开着的，那时却紧闭着。

"我确实听见了'嘎啦'开门的声音，但是没有关门的声音，门应该是开着的才对啊……我吓得浑身发抖，赶紧又把脑袋缩进了睡袋里。"

山林小屋的神秘访客恐怕是登山爱好者之间最流行的话题了吧，不过还真没听说有现出原形吓人或是伤人的，感觉他们只是想让人们知道他们的存在罢了。徘徊在帐篷周围的脚步声也是一样，似乎并不是为了要达到某种目的。

*　*　*

小野寺和我说，他每次在山里待到三天以上，身体的各种感觉就会发生变化。一些平日里听不到的微小声音、空气的一些变化之类，似乎都能有所察觉。

"那是很早以前的事了，我在山顶附近休息。不知道为什么，有一群小鸟呼啦啦飞到我的周围。肯定有什么特殊情况，不然不会发生这种事的。我以为它们被老鹰给盯上了。"

可是，他并没感觉到附近有老鹰之类凶猛的大鸟。不断有小鸟朝他飞过来，小野寺感觉很不舒服，他不知道应该怎么形容，反正有一种莫名的不快涌上心头。

"我也不知道是怎么回事，就是感觉非常诧异。"

那之后不久就发生大地震了。我们平时总听说动物能够预知地震并出现一些不寻常的行为，不知道我们人类的祖先是不是也具备这种能力？

*　*　*

在西和贺町经营温泉旅馆的女掌柜照井定子，经常能听到神秘的脚步声。她小的时候家住大山里，那是一栋带内厅的大宅子。听说那里总是不太清净……

"时常能听到内厅那边有脚步声。等你打开拉门进去看，里面连个人影都没有。"

但那之后的几天家里会有亲戚去世。这种情况发生过好几次。除了内厅之外，家里还有一个不可思议的地方，那就是二楼定子的卧室。

"我只要在二楼睡觉，就会听见爬楼梯的脚步声。一听那声音我就知道，'啊，又来了。'"

定子很清楚上来的不是家里人，而是些来历不明的东西。

"每次听到那个声音，我都觉得脑袋里好像灌了苏打水，咕噜咕噜地冒泡。而且浑身不能动弹，被死死地捆住了似的。"

因为害怕，定子后来只要一听到那个上楼的脚步声，就会一边大声念着"阿弥陀佛"，一边拼命在心里祷告。

"这不是你来的地方，这不是你来的地方……"

据说这么做还真的有效，那声音也就不再靠近，慢慢走远消失了。

* * *

定子小时候住的地方也是一个猎人的聚居地，她祖父就经常打猎。每次打猎回来大家都会聚在一起喝酒，这是村里的老规矩。

"我爷爷冬天打了野兔回来，会请朋友们来家里聚会。"

寒冷的季节里，大家总把一起打回来的野兔做成火锅下酒，这是山里人的乐子。不过，偶尔也会出些意外状况。

"一次，有个人喝得烂醉，和同伴吵了起来，最后闹得不可开交，嚷嚷着让对方'滚出去'……"

如果只是言语上的冲突，就很稀松平常，猎户居住的村子没有打打闹闹反倒显得不正常！

"可那次他们拿着枪出去干了起来，有人因此受了伤。真把我给吓死了。"

这是雪原枪战啊，听着就像是日活[1]制作的动作大片。这可比山里的妖魔鬼怪可怕多了。

* * *

前面提到定子家有个很大的宅子，据说她家附近到处都能听到不可思议的声音。

"一到冬天，我们家周围就会搭起防雪围栏。晚上八九点钟，常常能听到痛苦的嘶喊声，'啊——啊——'"

那叫声异常恐怖。马当时作为一种重要的劳动力，也和定子的家人同住在院子里，连马听到那声音都会变得狂躁不安。只要外面传来"啊——啊——"的喊声，院子里

1　日活株式会社，简称日活。由1912年创立的日本活动写真株式会社发展而来，为今日本五大电影公司之一。

的马就如同受到惊吓般乱叫。

"家里人说外面叫唤的是狐狸，还总是吓唬我说，不听话的孩子就会被那只狐狸带走。"

还有，防雪围栏也会发出吓人的声音。

"房子西边的围栏总是发出'当、当、当'的声音。那应该是啄木鸟，可是每次听到这个声音狐狸也会跟着'啊——啊——'地吵吵起来。"

冬天的大山里一片寂静，更显得这些声音格外吓人。而每次这些怪异的响声都会伴随着暴风雪的来临，也许这与大气压的变化存在着一定的内在联系。

狐狸附体

我在大多数地方都听说过当地人被狐狸欺骗的故事。不过，狐狸附体的事似乎比较少见。接下来我们还是听听西和贺町定子女士的故事。

"村里有好几个人都被狐狸附体过。差不多二十年前吧，附近有个人进山采蘑菇，人回来就糊涂了……"

听说那个人大山经验非常丰富，可还是发生了不幸的事，那之后他总干些不正常的事，最后也死得不明不白。

* * *

大石地区就在今天的安心汤田站北边。村里有个人去那儿喝喜酒，回来时手里拿了一个装满了美食的盒子，醺醺然，和同伴们一起往家走。

"他们刚一进村，那个人突然加快了脚步，跟个没头苍蝇似的往前闯。他好像疯了，什么都不顾。"

同伴们喊他，他也无动于衷，还是继续暴走，最后好几个人合力才把他给按住了。很明显刚刚发生了什么事，不然不会这么反常。

"这不就是被狐狸附体了吗？"

后来一个村民在那人背后铆足力气捶了一拳，一只大狐狸"哗"的一下飞了出来。已经走得筋疲力尽的男人也一下子瘫倒在了地上，他完全不记得自己都干过什么了。

"好像被狐狸附过体的人都很难长寿。"

* * *

我在奥秩父一带也听说过类似的故事。原来的大泷村（现在的秩父市）有一条通往山梨县的主路叫秩父大道。雁坂隧道开通之后，过去崎岖危险的山路变成了平坦的大道，但是大山深处的状况依然没有得到改善。这一地区有座三峰神社，把日本狼视为神的使者，因而三峰山也被当地人奉为神山。

奥秩父地区发生过一件怪事。一户普通人家里一个上小学低年级的孩子，突然有一天表情古怪，四处蹦来跳去的。家里人有些不知所措，怀疑和狐狸有关系，于是请了附近的和尚到家里来看看。

"这孩子是被狐狸附体了，必须把狐狸从身体里逼出来，没有其他办法。"

说着，和尚在孩子背上用力敲了一下，刚刚还到处乱转的孩子好像突然泄了气，真的像是身体里有什么东西被驱走了。

大家松了一口气，可是没一会儿工夫，孩子旁边的妈妈开始不对劲了。她和孩子之前的举动一模一样，满屋子跳来跳去，脸上的表情也和平时完全不同。

"这个啊……看来狐狸又跑到她身体里去了。"

于是，大家一起把目光呆滞的妈妈抓住，也在她后背上重重地敲了几下，狐狸倒是又给逼出来了，可是……

"这样下去可不是办法，狐狸会一直待在这个房子里不出去，得去三峰神社请大神的使者来。"

日本狼就是三峰神社里大神的使者。而当地人说的请使者，就是将画有使者的灵符请回家。按照和尚说的，这家人去三峰神社参拜祈福，又把灵符请回家贴满了整个门框，这才好不容易把家里的灾祸给平息了。

据说三峰神社的大神使者还能帮人们驱赶野兽。日本狼是山里的野兽之王，其他兽类见了它都会落荒而逃，所以大家都认为大神的使者对付挡在路上的野兽最有办法。

同一个地区，一个老太太突然变得很胆小，什么都怕。

"估计是家里进了不干净的东西，去请大神的使者吧！"

听人这么一说，她家人半信半疑地去了三峰神社，把灵符请回来贴在家里。三天之后老太太真的安定了下来，不再害怕了。她还高兴地说，跑进家里的坏东西终于出去了。

＊＊＊

长野县的川上村和上面说的大泷地区就隔着一座山，此地的川上犬被认为继承了日本狼的血统。我在这里也听说过狐狸附体的事，同样是人的举止突然变得异常。遇到这种情况，村里人会把他关进一个房间里并用烟熏，要不就是一帮人凑过去用棒子打，直到把附体的东西赶出来为止。这里的做法真的是简单粗暴啊！

上面讲了几个人被狐狸附体的经历，大都是近些年的事，没有很早以前发生的。其实，现在还有很多人为了驱赶邪魔，专程去三峰神社参拜祈福。

半夜的石臼

位于奥秩父一带的大泷地区，与秩父市合并之前叫大泷村，前村长千岛茂给我讲了一个故事。

"村里有条能通往甲府市的路，来来往往的人很多。街上卖唱的盲女、卖药的小贩，形形色色的人都要走这条路。虽说我们村在大山里，但各种信息都能传过来。"

千岛年轻的时候，村里也发生过小孩儿突然失踪的事。父母在田里干活，旁边的小女孩突然不见了。这事惊动了全村人，大家组织了搜索队，想尽一切办法寻找女孩的下落。可是……

"哪儿都没有，最后人没找到天也黑了。"

大家都猜想，小女孩可能是被人贩子拐跑了，孩子的父母在绝望中度过了一夜。

"我们这里有种叫'老天保佑'的说法，你听说过吗？"

意思是说有好运气或是得到了神的解救。而老天保佑的事第二天真的就发生了。

"从村里一直走到山上，靠近山脊线的地方，有一大块平地。"

平地上有一棵大树，小女孩就坐在大树底下，一个人玩得可开心了。

"那孩子也就四五岁大，自己一个人是走不到那种地方的，所以大家都说是天狗带她去玩儿的。"

大人总爱给孩子们讲河童和狐狸的故事，但是孩子们似乎并不相信那些是真的。

"不过，有时候，看到大人们惊慌失措地从山里跑回来，心想可能真的出了什么事，开始半信半疑了。"

* * *

在大泷村，被狐狸抢走吃食的事也有不少。特别是带炸豆腐、鱼虾之类有腥味儿的东西需要格外警惕。

"我每次给亲戚家送这类东西，出门时都要严防死守。为了防备狐狸，要额外装些辣椒。有几次感觉身后有脚步声，快到家的时候那声音就消失了。"

我在秋田县的阿仁地区听说过，有人为了防止被狐狸骗随身带着大蒜。不过，在奥秩父一带装的不是大蒜而是辣椒。我也听其他人提起过，只是现在很少有人用辣椒辟邪了。倒是千岛家对此深信不疑，只要有客人晚上来串门，走的时候都会让人家拿一串辣椒。

* * *

千岛也见过狐火。他看到山里有一串亮光，突然消失了，然后另一个地方又出现同样的一串光。

"过去都采用土葬，人去世之后就埋在离家不远的墓地里，大约一个星期之后，有火球飞出来就说是灵魂升天了。迁坟的时候，我也过去帮忙，那一片埋了六十五个人。听一起干活儿的人说，老早以前墓地里总有火球飞出来，现在没有了。"

看来火球也是有寿命的啊。

* * *

战争年代，总能听到大泷村的人讲灵魂归来的事。

"很多人家都会在晚上听到敲门的声音，开门寻看却没有人。他们心里好像也知道，是家里的孩子战死了。差不多第二天就会接到来自战场的噩耗。"

有的人家睡觉前明明把门闩好了，半夜里却听见有人开门进了屋。第二天早上一看，大门还是关着的，但是插好的门闩被打开了。都说这是死去的人回来和家人道别，也许他们是想亲自告诉父母自己已经不在世上的消息。如今已经很少听说这种事了。

* * *

千岛小时候，一天早上起来，隔壁家的奶奶突然和他说了些莫名其妙的话。

"你昨天晚上来过吧？"

昨天晚上？昨天晚上到底出什么事了？千岛被老太太问糊涂了，接着听她说才知道……

"半天我才弄明白，她说半夜里听到土屋里有捣石臼的声音。"

那时候，家家户户都有石臼，有捣年糕常用的捣米臼，还有舂稻谷和豆子用的石臼。邻里之间互相借石臼用是常有的事，也有人直接去邻居家舂谷子。

"可那是半夜啊。隔壁的奶奶认为有人怕白天不方便，特意等到夜深人静了才去她家用石臼。"

这事真是够奇怪的，再怎么没心没肺的人也不会半夜三更跑到别人家里去磨东西吧。其实那个奶奶自己也去看过，石臼并没有被人用过的痕迹，所以她才跑去问千岛。

* * *

有个人长年在奥秩父的大山里从事与森林相关的工作，我曾经有机会和他聊天，他就认为根本没有什么不可思议的事。

"狐火？你是说像火球一样的东西吗？我经常看到，从这座山飞到那座山。那不是什么不可思议的东西，就是长尾雉。"

"狐火等同于长尾雉，长尾雉等同于火球"的说法我在其他一些地方听说过。有人说长尾雉飞的时候羽毛摩擦产生静电，故而发光；有人说长尾雉早上和傍晚向着白色的岩壁飞，看上去就会像一团火。但是这个人的说法和其他人又完全不同。

"长尾雉羽毛上附着了很多夜光虫，其实是它们在发光。"

这个人认为火球是夜光虫。关于夜光虫这个东西，大家查一下就知道了，我就不详细说了。不过，不管是哪种说法，还没有人能找到确凿的证据说火球就是长尾雉，完全是个人的猜想而已。

* * *

这人的父亲也是猎人，有一天去山里打长尾雉。

"我父亲一清早就进山了，躲在暗处，等待长尾雉活动。"

当时天还没大亮。他一直等着，突然眼前变亮了。刚开始他以为是朝阳照进大山了，但很快就发现不是。他眼前是一个光彩夺目的女子，她在光亮中熠熠生辉。那女人就站在他面前，一动不动地盯着他。

"我父亲当时吓得半死，朝她开了一枪。而那女子'嗖'的一下消失了。"

他觉得那肯定是山里的山神，于是一边发抖一边合掌拼命祈祷。这么一折腾哪还有心思打猎啊，慌慌张张就回家了。

"那时家里有个刚刚出生五天的婴儿，产期原本不能狩猎，我父亲没有遵守规矩，估计惹怒了山神。"

产期是禁忌的一种。山野猎人当中也有类似的规矩，比如说家里有人去世，会留下一些不吉利的东西，接下来一年都不能参与狩猎。生孩子会出很多血，也被认为是不吉利的，故而禁止打猎。可是，打猎本身就是一项很血腥的活动，我非常奇怪为什么生孩子的血会被认为是不祥的。

* * *

"我们这一带有种东西叫尾先，不知道你听没听过。怎么说呢？尾先就是看起来像动物，但好像又不是的一种东西。我也不清楚到底是什么，反正大家都说尾先跑进家里就会有厄运降临。"

尾先在一些地方也被叫作尾裂，是一种极不可思议的存在。有的地方会视尾先如座敷童子 [1]，觉得尾先在就会家业兴旺，尾先不在了就会家道中落。这种说法就和那个人说的"带来厄运"正好相反。

不管是尾先还是尾裂，追根溯源就会发现，其实都是狐狸，也就是传说中的九尾狐。有一种说法是九尾狐被降服后，它的尾巴掉下在人间并作祟，所以叫"尾先"。此外，九尾狐的尾巴是裂开的，因此也被叫作尾裂狐。不过，好像只有北关东的少部分地区流传着相关的故事。

而现在所谓的尾先或尾裂，在大多数人看来就是一种行踪诡异且来历不明的小动物。狐狸的故事在各地都有听说，不过从来没人提到过九尾狐，这倒是让我更好奇了。

---

1 传说中出现在屋内、形同小孩的妖怪。在日本的东北地区被人们视为家神，虽然顽皮，但据说能给人带来财运。

化身狐火的男人

神秘的发光体在各地有不同的叫法，而在东北地区被叫的最多的就是狐火。有人说那是长尾雉在飞，也有人认为是磷化物在燃烧。可是在各种说法当中……

"狐火？啊，我就是狐火！"

"嗯？我是说狐火。"

"是啊，就是我。"

为什么他会说自己就是狐火呢？

* * *

山形县的小国町是一个古老的山野猎户村。民宿越后屋的爷爷，他家祖祖辈辈都在山里打猎。

"那是老早以前的事了。当时我因工作太忙而耽误了割稻子，其他人家田里的稻子都收完了。因为想尽快割完，我们晚上点着灯在地里干活。"

就这样，连着两个晚上点灯割稻子。第三天住在附近的老太太跑过来，开口就说：

"你们家地里有狐火在飞，还是小心点儿为好，不知道会发生什么事。"

老太太不知他家夜里割稻子，把灯光当成了狐火。

"虽然挺奇怪的，但人家特意跑来提醒也是一番好意，当时就没好意思反驳。所以我才说这一带的狐火就是我。不可思议的事？我没遇到过，也没听说过。"

* * *

我在西和贺町也听说过一件类似的事。那是西和贺町雪国文化研究所的小野寺给我讲的。

"我有一个朋友，听说他年轻时曾酿私酒，这在当时可是违法的。"

原本农户们都喜欢自制一些米酒，但有段时间政府对酒类采取严控政策，后来就听说有些人偷偷在山里盖起了酿酒小屋。

"这些是不能公开的，所以通常在半夜里过去。"

一连好多天，几个人提着灯走在昏暗的山路上，来往于村子和酿酒小屋之间。于是……

"村里就开始传那个地方经常出现狐火。几个当事人不可能说出实情，所以这件事直到最近才有人爆料出来。"

半夜里人提着灯上山下山，看起来确实像狐火。而那些被误会的人，因为酿私酒会被处罚，所以也不能出来澄清。这么一来几十年过去了，大家还一直蒙在鼓里，以为看到的亮光是狐火。

"狐火就是我！"

也许这种情况比我们想象的还要多。

山怪・后记

何为不可思议?

即使同样住在大山里,有些人从来都没经历过神秘的事,也不曾闻听过与此相关的事;有些人确信这世上根本就没有什么无法解释的现象,所有的现象都能找到合理的解释。

不过,在和他们交谈的过程中,我还是发现了一些疑点,比如谈到狐火等神秘光团的时候,他们会给出"那是某些东西反射的光""那是萤火虫吧""那是长尾雉发出的光""那就是我"等五花八门的答案。但其中有不少现象在季节上是完全站不住脚的,或是客观条件难以满足的,所以怎么想都觉得太牵强了,没有什么说服力。

我觉得这是当事人无法相信自己眼前发生的事。当人遇到难以解释的现象时,自然会绞尽脑汁拼凑出自己能够接受的真相。为了能让自己安心,也的确需要一些站得住脚的解释。

要是听说有人遇到了离奇恐怖的东西，他们大多会说"都是因为胆小""肯定是太累了""是天气不好吧"，反正总是能找到各种理由。可是，大白天在自己家附近有什么可怕的？和往常一样清早起床就进山，刚走几步就累了？晴天山里能见度不错，是把什么看岔了呢？如果一个人坚决认为这世上没有什么不可思议的事，那么就必须有一些能产生错觉的理由才行。

恐怖电影里用的那些惊声尖叫吓唬人的东西，大山里是没有的。或者说，与之相反，大山带给人们的就是一种从心底里不断涌出的令人不寒而栗的恐惧。而是否能体会到这种感觉，当然是因人而异的。

大多数人能接受亲人的灵魂归家，而来历不明的灵魂则会让人不知所措。为什么会出现在我面前呢？难道只是偶然吗，还是有什么缘故？左思右想也找不到答案，只能一直在心里问为什么。

细想，人总是被各种"为什么"纠缠着，无论是哲学问题还是科学问题，只是领域不同罢了。在大山里，"为什么""不可思议的事"大多与恐惧相伴，有的人能排解恐惧，而有的人则是学着接受恐惧，这两种人的处事态度是完全不同的。

如果有人问我，山里这些不可思议的事到底是客观的现象，还是人们心中的想象？我的回答是后者。或许，想象也可以理解成每个人在大脑中浮现出的是内心的画面。无论事实如何，引发人们产生想象的根源无疑真实存在于深山中。

而说到很多人同时遭遇了相同的经历，那就只有一种解释了。这就类似于发射器和接收器的原理，就算很多人在一起，也只有频道一致的人才能接受得到。但也有非常强的信号，是所有的电视和收音机都能接收到的那种。大山里应该也存在着某种不可思议的能量，可以同时让很多人一起感受到。

妖怪和山怪

大山里流传的不可思议的事当中，与狐狸有关的是最多的。虽然我并没有在全国范围内做过缜密的调查，不过还是感觉越往西边走狐狸的影响力就越弱。与之相反，到了东北北部的深雪地区，狐狸的故事简直不计其数。从最老套的掉进池塘沼泽的故事，到被偷了东西的故事，甚至于出了人命的事，几乎都与狐狸脱不了干系。

这些到底是不是像阿仁的山野猎人佐藤正一所说，只要是自己不想负责的事就统统推给狐狸呢？我在奥秩父一带还听说过，有人在大山里迷了路，是一束不可思议的光领着他下山回到村子的。那个人说自己得到了狐狸的帮助。这样说来，狐狸干的也未必全是坏事。

每当听到这些故事，我脑袋里总会不由自主地浮现出各种妖怪的样子。比如说，感觉有踢踏踢踏的脚步声跟在身后，那不就是《百鬼夜行》里的黏糊糊先生吗？突然听到婴儿的啼哭声，那应该就是山婴或河婴。回荡在山谷里的嘶喊声，肯定是那种被叫作幽谷响或是呼子的妖怪。

这些故事未必是因山里真的存在某种不可思议的现象才开始流传的。很多人都把自己在山里的一些经历和某某妖怪作祟联系在一起，也让别人这样相信。说不清到底是个什么东西，但肯定就在那儿。这样的故事情节，很自然就让人想到了妖怪的存在。久而久之，这种想法肯定会对我们产生潜移默化的影响。有人给这些妖怪起了固定的名字，使之更快地成为当地百姓的共识。

其实，那些既没有名字又来无影去无踪的东西是最让人感到不安的；但有了名字后，好像就没那么可怕了。

而在东北地区，人们好像连起名字都觉得麻烦，干脆全都说是狐狸干的，这样最省事。从抢食物这样的轻罪到夺人性命这样的重罪，各种罪名应有尽有，要说这狐狸也真是够冤的。

正如四万十町的麻田所言，人们从小听着各种故事长大，时常对一些东西感到害怕也就不奇怪了。把眼睛看到的东西和脑子里已有的概念对号入座，就算是干枯的芒草花穗都能看成幽灵吧。可是，这些恐怖故事的源头到底是什么呢？它们才是自然界中原本存在的东西吧。我觉得应该是先有了它们才酝酿出后来的恐怖故事，这么想应该更合理。

水木茂[1]先生给绝大多数妖怪赋予了生动的形象，也让我们觉得妖怪是一种有形的东西。可是，很多东西最初只是一种声音或感觉而已。

大山里的妖怪很多都是只闻其声，就是因为看不到它的样子，又很确定有东西徘徊在周围，所以才感觉恐怖。有个看不见的东西进到家里，如果是亲人的亡灵那自然没问题。如果是来路不明的东西，那可够吓人的，想方设法也要把它从家里请出去。一般这种时候，念佛和灵符就该出场了，不过绝对没有恐怖电影里的那种激战，大部分都是不动声色地就把妖怪给降服了。

如此说来，山里的妖怪都是很"安静"的，只有人才会惊慌失措地到处乱转。

没有下半身的灵魂的故事我也听过不少。传言它们没有下半身，但是又清楚地听见了脚步声。这其实和在家里到处溜达又看不见的灵魂是一样的。为什么它们走路会发

---

1 日本鬼怪漫画第一人，是怪谈系题材的元祖，最长青的漫画家之一，一代漫画经典《鬼太郎》的原作者。

出声音呢？这让人很难理解。据说日本的幽灵没有脚是从画家圆山应举的描绘开始的，不过也说不定是在那之前就已经有很多人见过没有脚的幽灵了，所以画家作画时才会描绘出那样的形象。

人都怕黑，因为不知道黑暗中隐藏着什么，自然就感觉很危险。人类本来就是一种晓行夜宿的生物，学会用火之后才开始晚上活动的。然而，光亮照不到的地方还是一片漆黑。借着手中的亮光，在黑暗中披荆斩棘，这让人们更深刻地体会到了黑暗的恐怖。而人类对黑暗的恐怖与妖怪的存在也有着千丝万缕的联系。

因而，对于妖怪们来说黑夜的存在是至关重要的。现代社会，赶走了黑暗的街道灯火通明，妖怪们再也无处藏身了。而在过去，所有的房子里都有一些阴暗冰冷的角落，小妖怪就住在那里。这大概和司厕之神、司命灶君的传说一样。要是把厕所或者浴室弄脏了，厕神立刻就会变成妖怪，现出原形。

曾经无处不在的妖怪，现如今已经濒临灭绝，倒是山里还存在着一些有关妖怪的故事。因为山里还有最纯粹的黑暗，就算用灯光照着，依然无法看到黑暗的尽头。对于妖怪们来说，大山真的是绝好的栖身之所。这样看来，也许可以把大山里的怪事直接说成是妖怪作祟吧。

探寻不可思议的故事好比"在沙漠里掘井"

我在本书中搜集的绝对不是恐怖故事一类的东西，也不是传说或是民间故事。虽然很难准确地表达出来，但应该是一些离奇的或是不可思议的事情。

关于这些内容，其实很难解释清楚。因为完全依靠访谈取材，整个过程是非常艰辛的。当然，和熟悉的猎人、山野猎户以及其他相关人员沟通起来并不困难，但是，跑到那些完全陌生的地方取材真的是大费周章。

一开始的取材，我是找地方上的农林部门，拜托他们去和猎友会打招呼；还有一些地方，我联系了地方振兴委

员会或是教育委员会，希望能和当地的猎户牵上线。可有
的时候，就算我做了详尽的说明，还是无法让对方明白我
的来意。递上去的计划书被送到了负责民间故事传承的部
门，鸡同鸭讲的尴尬事真是没少发生。后来我的办法是，
尽量住当地的民宿，和他们打听一些事，再通过民宿认识
一些相关的人。整个采访过程各种手忙脚乱。尽管如此，
在这个过程中我还是收获了一些故事，这也证明我的方向
并不完全是错的。

朋友们都觉得我这种采访太不着边际了，就连我的采
访对象也这么说。到底什么地方的什么人曾经有过怎样的
经历，这几乎是不可预知的。他们说的也对，我这么做的
确有些不着边际。所以我基本是先和人家约好时间，见面
之后再详细解释我的采访内容。

一段时间之后，我开始把这样的采访称为"在沙漠中
掘井"。一望无际的沙漠里，哪儿能找到水源？水源应该
有，但光是确定出它的位置就已经很难了。而且就算你确
信某个地方有水，在沙漠里掘井的活儿又怎么可能轻松完
成呢？

那些给我讲述经历的人，年纪最小的也超过五十五岁了，大部分都是七十岁左右的老人。年轻人基本上不进山了，也就没人遇到什么怪事。有的人上了年纪耳朵听不清，或是什么都不记得了，很多时候我只能空手而归。

"要说那些过去的事，应该去问那个人……"

但凡这种人，大多都有八十岁了，也就很难保证一定能打听到我想知道的事。很多次都是只向对方说明了我的采访内容，不到十分钟就结束了。

我在开篇也曾提到，这些离奇的故事原本应该成为各个地方珍贵的"口传遗产"，但如今讲这些故事的地方越来越少。过去那一个个漫长的冬季，大家围坐在暖炉边上，不厌其烦地重复着这些故事。在那个没有电视的年代，是这些故事把人们紧紧地连在了一起，也是老人和孙辈之间沟通的重要纽带。可是如今呢？

"山里的故事？哎呀，那种事我可不和孙子们讲，他们不会好好听的。"

现在的小孩儿，比起听爷爷奶奶讲故事更热衷于打游戏，城里山里都一样。而爷爷奶奶们也更愿意待在房间里看电视。这样一来，就算是在山里遇上了不可思议的事，也没机会讲给别人听了。如果没人讲，这些故事很快就会被大家遗忘。其实山里这些离奇的故事都是昙花一现，只有靠人们不断地讲述才能延续脆弱的生命。

采访的时候我从来不会一上来就问："你有遇到过什么不可思议的事吗？"诸如此类的事情，并不是你突然一问人家就能想起来的。通常，我都会先做一个讲述人，告诉他们其他地方发生过什么样的事，那里的人有过什么样的经历。这些关于狐火、不可思议的声音、灵魂等等的叙述，就好像是掘井用的引水。

引水成功，有时就能成功挖出一口井，但也有失败的时候。不过从概率上来说，成功更多一些。如果采访拉得很长，也有可能一大半的时间都是我在讲。到底是去听故事的还是去讲故事的，有时候连我自己都混乱了。

大山深处给多数人的印象是一个与世隔绝的空间，其实未必如此。如果主路是运输物资必经的要道，像沿山脊线的道路和沿河的道路就总是人来人往，这里就像是四通八达的网络空间，各种各样的信息都在这里交汇。如此说来，宫崎县椎叶村和秋田县旧阿仁町的山野猎人有很多共同点也不算是什么奇怪的事了。虽然他们之间没有过直接的交流，但是修行僧、卖药的小贩、卖唱的盲女和门前卖艺的人，他们成了信息传递的媒介，带给各地文化很多影响。

当然，在那个识字率很低的年代，几乎都是口传，也就是通过人的讲述来进行传播。人们把自己听来的信息在大脑中整理，再用语言表达出来。讲述本身就是这样一项需要高度智慧的工作。

我们也可以把讲述比喻成可以反复录放的卡带，它绝不仅仅是一个单向的信息传递。通过不断的口头流传，各种新的元素被加了进来，故事本身也在发展进步。讲述对于人类来说是一项很重要的文化活动。正因为如此，我才认识到讲述的重要性，同时也把它看成是一份珍贵的遗产。

那些讲述正在慢慢消失的地方，同时也在慢慢失去活力。如果人们不再需要大山，不再走进大山，那也就没有在山里生活的必要了。年轻人都去了城市，山村里只剩下一些老年人，没有人听他们讲山怪故事了，而这些讲述人也正一个个离开我们。

　　爷爷奶奶们的山怪故事，真的已经濒临灭绝了。

＊＊＊

　　最后我还是要感谢各位，谢谢你们在忙碌的生活中抽空来听这些故事。始于阿仁町的山怪之旅，周游列岛后结束于汤西川。我一边看着地图一边推进我的采访，感觉又重新认识了一下这个国家复杂的地形。看上去很狭窄的地方其实很宽阔，看上去很远的地方其实很近，日本这个国家真的很有意思。

　　寻访那些没去过的地方，听那里的人给我讲关于山怪的故事。这么愉快的旅行要是还能重来一次该有多好。